U0048804

鬼談百景

きだん　ひゃっけい

おの　ふゆみ
小野不由美

張筱森——譯

目錄

出版緣起

恐怖（Horror）是絕佳的娛樂

獨步文化編輯部

人類爲什麼愛讀恐怖小說，愛看恐怖電影？

一手打造二十世紀之後最廣爲人知的恐怖小說世界觀「克蘇魯神話」的美國作家H. P.洛克來夫特曾經說過，「人類最古老而強烈的情緒，是恐懼；最古老而強烈的恐懼，是對未知的恐懼。」可是在畏懼的同時，我們卻又忍不住要去揣摩想像，那未知的彼端究竟有些什麼在蠢蠢欲動著。也因此，人類自古以來，就不停地講述恐怖、描寫恐怖、觀看恐怖，乃至於享受恐怖。就像「百物語」這個耳熟能詳的遊戲，明知講完一百個鬼故事，吹熄一百根蠟燭後，可能就會有某種未知的存在到訪，但人們仍然熱中於此，樂此不疲。這種害怕並期待著；恐懼並享受著的複雜情緒，不正是恐怖永遠是絕佳的娛樂的證明嗎？

許多作家長年以來持續地描寫這股「古老而強烈」並且十分複雜的情緒，成爲了歷久不衰的文學類型，當然在日本也不例外。從歷史悠久的江戶時代怪談，到現在的小說到漫畫，從電影到電玩，各種恐怖（Horror）相關產品不停出現，持續演化，成爲日本大眾文化重要的組成元素，和推理小說並列爲日本大眾文學的台柱。許多台灣讀者熟悉的作家，如：京極夏彥、宮部美幸、小野不由美等等，也都發表過許多精采絕倫、引人入勝、的恐怖小說。藉由他們的努力，恐怖小說也不斷地進化、蛻變，展現出各種不同的風貌。

將好看的小說介紹給台灣的讀者，一直都是獨步文化最重要的經營方針。早在創社之初，獨步便已經有了經營日本恐怖小說的計畫。和推理小說同樣有著長遠歷史以及多元發展的日本恐怖小說，所帶來的樂趣完全不遜於推理小說。在數年的努力之下，多采多姿的日本推理小說在台灣已經獲得了許多讀者的喜愛與肯定，我們認爲現在正是邀請台灣的讀者來體驗另外一種同樣精采迷人的閱讀樂趣的好時機。

在經過縝密的規劃後，獨步推出了全新的恐怖小說書系——「恠」。引介了最當紅的日本恐怖小說家，非讀不可的經典恐怖小說，期望帶給你一種宛如夏夜微風，輕輕拂過頸後的閱讀體驗。

總導讀

你的後面或許有人，那又怎樣呢？

曲辰

且讓我假設你現在是獨自一人坐在房間裡翻看這篇導讀，那麼，我懇求你，暫時放下這本書，閉上眼睛，傾聽你所能聽到的最細微的聲音。

想像一下，那些爬搔聲、撞擊聲、腳步聲或是隱隱的呼吸聲究竟來自哪裡。你眞的確定那些聲響來自窗外嘛？或者是你以爲是浴室的漏水聲，其實是個人正緩緩潛入你家，躡手躡腳的企圖進你的房間呢？

H. P. 洛克萊夫特說：「人類最古老又最強烈的情緒是恐懼，最古老而又最強烈的恐懼則是對未知的恐懼」，這邊的未知可不僅止於你從未去過的歪扭小鎭，畢竟你怎麼知道閉上眼睛你的房間到底還是不是原來的樣子？

於是，爲了探索你閉上眼睛後這個世界的樣貌，恐怖小說誕生了。

裸體美婦脫掉了那層皮，成為一個骷髏

有人認爲，小說的來源起自於古老的時代人們圍坐在火堆邊講故事的形式，想像一下那個畫面，似乎很容易理解爲什麼小時候參加營隊總會有個晚上莫名其妙輪流講起鬼故事，然後在一陣戰慄中結束彼此嚇自己的行爲。恐怖小說的起源或許就是這樣的。

在西方文類而言，恐怖小說（horror fiction）一般來說都是自哥德小說（註一）（gothic novel）開始劃分，畢竟具備「不斷探索邊界」意義的哥德小說，本身就有展現未知之境的功能，進而演化出「讓人感到恐怖的虛構小說」這樣的定義。也因此我們可以說西方的恐怖小說誕生自「一個威脅性的祕密，一個古老的詛咒，以及奇妙的大宅，與纖細的女主角」這些哥德式的要素，從而構成了日後西方恐怖小說的基本條件，也就是你總是要「觸犯」某個結界似的空間，你才遭遇到恐怖。

要在此說明的是，「恐怖小說」如果我們稱之爲一種文類（literary genre），似乎是一種外來的類型文學，但就像奇幻小說（fantasy）先以外來文類的姿態進入華文世界（如《龍槍編年史》、《魔戒》等西洋文本），讀者在理解這些文本是被劃分到「奇幻」這樣的文類範疇的同時，也針對某種內在特徵相符的概念（如「超現實」、「人神共

處」）繼而回溯到如《封神演義》、《西遊記》這類的中國古典小說脈絡中。但在台灣，講到「恐怖小說」，應該所有人都會聯想到如《聊齋誌異》之類的中國特有文學類型。

日本也是一樣，早在「恐怖小說」（ホラー）這個詞出現之前，屬於日本自身的恐怖形式就已經存在了。

撬開棺材，一個嬰兒正蜷縮在母親屍骨上沉沉睡去

日本恐怖小說的前行脈絡大致可分為三種。

一是日本從室町幕府以來就有的「百物語」傳統，大家聚集在一起講鬼故事，據說講滿一百個鬼故事就會有不思議之事發生，後來更進入通俗讀本之中，並轉進歌舞伎、落語等等大眾娛樂發展；一是佛教的傳入，僧侶們為了講述艱澀的教義，因此擷取佛經中的譬喻，結合日本原有的風土民情，創作出屬於日本在地的教喻故事（註二），特別是佛教的因果思想與日本原有的泛靈信仰（註三）合流，許多帶有靈異色彩的口傳故事開始流傳開來；最後是文人創作，如淺井了意《伽婢子》或上田秋成《雨月物語》，他們一方面承襲了佛教的因果輪迴觀點，一方面改寫中國的志怪小說，將之書面化、在地化，催生了屬於日本的恐怖書寫形式。

註一：Gothic最早是指日爾曼民族中的哥德人，後逐漸變為中古時期的形容詞，十八世紀時，理性主義與啓蒙運動影響了英國，所以文學作品多半具有強烈的現實性，這時哥德小說成為對抗那種理性主義的存在，於是不管是不是把背景設定在中世紀，都可以看見如同夢魘一般的恐懼感，裡頭充滿了對於異世界的探討與渴望。

註二：這種形式在中國唐朝時期就有了，我們稱之為「講唱」，後來更成為宋朝時期的「說話」。

註三：一種信仰形式，並非一神或多神，而是相信凡物皆有靈，凡靈皆可成妖怪或神。

但眞正在二十世紀初對這樣的恐怖脈絡進行總整理的，則是一個希臘人Patrick Lafcadio Hearn，他比較爲人所知的名字是「小泉八雲」。他以一個外來者／異邦人的視角，敏銳的發現上述脈絡，於是對當時盛行的恐怖書寫形式進行整理，結合書面與口傳文學的特色，「翻譯／改寫」成英文發表出去。而後翻回日文，進而對日本自身的恐怖小說傳統造成影響。

也就是在他的總結中，怪談有別於歐美恐怖小說的部份被凸顯出來，除了西方並未有的強烈因果信仰與「靈」的形式外，與歐美恐怖小說總是喜歡讓主角「誤觸險地」不同，日本怪談中洋溢著日常性，恐怖本來就存在我們生活周遭，並不是人去刻意闖入的，只是「剛好」碰觸到現世與他世的邊界而已。更重要的或許是，怪談中那種強調「氣氛」而非實質暴力或恐怖行爲的恐怖描寫，日後甚至透過日本恐怖電影（J-horror）反過來影響了歐美的恐怖電影，成爲日本難得「文化逆輸入」的範例。

吃完牛排打開冰箱，男友的頭擱在裡頭正瞪著我

在小泉八雲對江戶以來的怪談傳統進行總整理後，明治末期受到歐美心靈科學流行的影響，怪談又掀起一波熱潮，只是這時怪談逐漸受到理性的壓抑，於是建立了「尋找

解釋」的模式，改變了怪談原本不需理由就遭遇恐怖的敘事方法；而後七〇年代流行的心靈節目、靈異照片等等，更讓怪談本身的「怪異」被理性給籠罩了。

於是雖然這段時間流行怪談，但多以鬼故事型態的「百物語」形式出現，幾乎沒有稱得上是虛構文類的「恐怖小說」，這段期間恐怖小說得依附推理小說生存，或反過來說，推理小說成為培植恐怖小說的土壤。

同樣是恐怖文本的恐怖電影史，曾經被人形容為「在本質上就是二十世紀的焦慮史」，恐怖小說也是，這個文類其實準確的反映了當代人的集體恐慌。所以九〇年代初期，由於泡沫經濟與當時的社會主義大崩壞，因此那個「解決可能性」（一切社經相關問題皆有可能解決）的時代已經過去了，取而代之的則是「解決不可能性」（一切問題皆不可能解決）的時代逐漸露出。加上八〇年代史蒂芬金被翻譯進入日本，在某些閱讀族群中獲得相當強烈的歡迎與反應，日本才開始書寫「現代恐怖小說」。

日本文藝評論家高橋敏夫認為，我們在「搭乘現代社會這個交通工具時偶然的與恐怖小說共乘」，恐怖小說中描繪的非真實場景正巧形成了一個相對於現世的參照系統。於是日本現代恐怖小說在承襲了怪談傳統同時，也針對現代人的感性結構反映了現代社會的情況，描寫那些潛伏於日常生活的細節、在習以為常的城市角落發生的恐怖，過去從未見過的人際疏離、科技恐慌、對宗教與心靈的質疑，在這個時候都陸續進入恐怖小說中。

而在一九九三年角川成立恐怖小說書系以及恐怖小說大賞，「恐怖小說元年」正式成爲宣傳詞，於是日本恐怖小說開始在出版市場有著一席之地。

地球上最後一個活人獨自坐在房間裡，這時響起了敲門聲

如今，二十一世紀都過了第一個十年了，日本恐怖小說的類型也益發多樣化。怪談方面，由京極夏彥與東雅夫在《幽》雜誌上提倡的「現代怪談」運動正如火如荼，京極不僅積極賦予傳統怪談現代風味與意義，也積極的創作「在日常的都市縫隙中遇到非常的怪異」的現代怪談；木原浩勝與中山市朗則復古的學習「百物語」，到處收集鬼故事並改寫成「新耳袋」系列，兩邊可以說是從不同方向延續了怪談這種日本文類的命脈。

現代恐怖小說方面，角川的恐怖小說大賞則繼續在挖掘具有現代感性的優秀恐怖小說，（註）不僅有帶有科幻風味的貴志佑介、小林泰三、瀨名秀明，強調日式民俗感的岩井志麻子、坂東眞砂子，走獵奇風格的遠藤徹、飴村行，或是強調現代清爽日式風格的

朱川湊人、恒川光太郎。創作遊走在各種類型之間的恐怖小說家也越來越多，三津田信三在推理與恐怖之間架起了高空鋼索，走在上面展現他精湛的說故事技巧；藤木稟則是將日式奇幻的華麗色彩結合西方的哥德原鄉進而開創屬於自己的風格。到這階段，日本的恐怖小說可以說是應有盡有。

講鬼故事有一個基本技巧，就是在聲音越壓越低的時候，要忽然拔高，喊著「那個人就在你後面」，用氣勢震駭聽眾。可是如今的恐怖小說，早就沒那麼簡單了，「你的後面有人」是前提，接下來會發生什麼事，才是重點。

就像在名爲恐怖小說的森林地上長滿了眞菌一般，乍看陰沉而茫濛，但當你習慣了夜色、找到對的觀看角度，才會發現他們款擺出誇張、陰溼、幽微、鮮艷、各式各樣不同的顏色與姿態，而那些東西加總起來，就是我們內心所不欲人知的那一半世界。

猜猜看，閉上眼睛後，你的世界會變成怎樣？

曲辰，大眾文學評論家，尤專於推理、奇科幻與恐怖小說。曾編選《文豪偵探》、《文豪怪談》等。

註：其實這個獎本身就有很傳奇的事件，從第一屆開始，就有「單數屆的恐怖小說大賞一定會首獎從缺」的都市傳說，一直到第十三、十四屆連續從缺才打破這個紀錄。不過到了去年的第十八屆又從缺，不知道會不會之後變成偶數屆從缺。

鬼談百景

朝向未來

Y的學校裡有座象徵男女學生的銅像。那是背對背站立的一對男女學生雕像，名爲「朝向未來」。他倆人如其名，彷彿要指出未來的方向似地舉起單手，各自指著天空。只是，兩隻食指都沒有指尖，被切斷了。

銅像是在戰爭剛結束時設立的，Y聽說是有名的畢業生贈送給母校的禮物。這座雕像放置在玄關前的樹叢中，原本是男學生指著校門外，女學生指著校舍。

事情發生在銅像設立後沒多久。

有學生恰恰從女學生銅像所指的校舍三樓窗戶摔落身亡。大夥都不清楚詳細情況，只聽聞是意外事故。

此後，不斷發生學生或老師從同一扇窗戶摔死或跳樓的悲劇。校內流傳著「那扇窗戶有問題」的說法，也有人認爲是第一個摔死的學生在呼喚這些人。

十幾年過去，學校進行改建，玄關的位置跟著變動，同時改變了前院的設計，銅像被移到其他地方。不料，這次換成別的窗戶發生意外，摔倒的學生撞到窗玻璃。雖然不是死亡意外，但那名女學生身受重傷，頭臉傷痕累累。而那扇窗戶，正是女學生銅像所指的窗戶。

一開始，將銅像所指的窗戶和事故連結在一起的是學生。「銅像指向的窗戶遭到詛咒」的臆測在學生之間傳開。校方當然不相信，但為了安撫學生，還是移動銅像的方向。於是，女學生銅像指向操場上空。

這樣應該就沒問題了吧。

——沒想到，接下來卻有學生從男學生銅像所指的窗戶跳樓身亡。

之後，同一扇窗戶不斷發生事故，校方不得不討論是否該再度改變銅像的方向。然而，考慮到校舍和建地的因素，要讓背對背的男女學生銅像不指向校舍是不可能的。不管怎麼調整，必定會有一方指向校舍某處，校方只好切斷銅像的手指。

從此以後，便沒發生奇怪的事故了。

多出來的樓梯

所謂的「校園七大不可思議」中，「多出來的樓梯」是一種極具代表性的故事。夜晚在校舍的樓梯上上下下，發現比平時多一階，便是典型的例子。而這多出來的一階，通常都是屍體。

K就讀的中學也流傳著「七大不可思議」，其中之一正是「多出來的樓梯」。雙層舊校舍的生物教室旁，有座十三階的樓梯，據說深夜兩點數著階梯往上或往下走，樓梯會綿延不絕，始終抵達不了盡頭。

曾有一名剛入學沒多久的新生，聽到傳聞後，打算一探眞假。他找朋友一起潛入深夜的學校——這是在能夠輕易潛入深夜校園的時代發生的事情。

兩人躲在漆黑的教室，等待關鍵的深夜兩點來臨。不論是校內或操場都不可能整晚點著燈，然而，顧慮到值班的學校職員，也不能開手電筒。幸好月色明亮，他們藉由照進窗戶的柔和月光看清四周。

那是個輕柔溫暖的夜晚。

接近兩點時，他們前往生物教室旁的樓梯。學生之間流傳的七大不可思議中，並未清楚提及是上樓還是下樓會發生怪事，兩人商量後，決定他下樓，朋友上樓。

深夜兩點，他在二樓，朋友在一樓。他們互打信號，同時踏出第一步。

他們分別從上方與下方慎重地數著階梯前進。雖然兩人都壓低音量，仍能清楚聽見彼此的話聲在空蕩蕩的樓梯上迴響。

異口同聲數到「六」時，兩人抵達中央的樓梯間，接著改變方向，面朝彼此。他們頭頂有扇採光窗，透過飄散進來的月光隱約可瞧見對方的表情。兩人齊聲說著「七」，踩上樓梯間正中央的那一階。擦身而過之際，互相笑了一下，他便又轉換方向，走下一樓。

第八階。他朝著黑暗繼續下樓，可模糊窺見剩餘的六階和從樓梯盡頭延伸出去的走廊。第九階、第十階，他往下走，朋友往上走。他以腳尖確認著落腳處，第十一階、第十二階。數到「十三」時，他已走完樓梯。

他正準備揚聲告知「我到嘍」，頭頂上傳來一聲「十四」。他不禁輕笑，抬頭仰望，以為朋友會戲謔地笑著走下來。然而，他只瞧見黑暗中往上延伸的扶手，找不到朋友的身影。一聲「十五」傳來，伴隨小心翼翼的腳步聲。這棟校舍是雙層建築，沒有三樓。「十六」、「十七」的持續數數聲，已帶著哭腔。

他衝上幾階，樓梯上方非常暗。黑暗中傳出一聲「十八」，不知是否多心，總覺得很遠、很小聲。他想著得把朋友拉回來，便開口喊道：

「下來啊。」

朋友沒回來。那個不安地數著階梯的聲音逐漸變小遠去，他僵在樓梯中間。一道數著「二十二」的微弱聲音，很不真切地傳入屏氣凝神的他耳中，接著朋友的聲音就消失了。不光聲音，在這之後，朋友也消失蹤影。

沒人知道他叫什麼名字，只有消失的朋友的姓氏「N」流傳下來。

不過，這個故事也有N同學走下樓梯的版本，究竟是上樓梯會發生怪事？還是下樓梯會發生怪事？至今仍是未解之謎。

人偶

「你們知道人類墜落時，會發出怎樣的聲音嗎？」

生物課上，S的老師這麼問過他們。那是新學期開始不久，附近高中的學生跳樓自殺之後的事情。但是，老師並非特意提及，而是在課堂上的閒聊中，毫無脈絡地突然說了起來。

「你們大概以爲是『砰』一聲吧，畢竟電視和電影都是用這種音效。可是，才沒那麼單純，那聲音非常獨特，只要聽過一次，絕不會忘記。」老師如此道。

您聽過嗎？面對學生的疑問，老師點點頭。那是老師大學時代的往事。

老師跟朋友在研究室做實驗時，窗外忽然有什麼東西通過。老師瞥見由上而下掠過視野一隅的影子，心想大概是有東西掉落。同時，他聽到那個聲音。

「應該是『咚——啪沙』。」

硬要以言語形容，便是這樣的聲音。很硬很重的東西撞到地面的衝擊聲，接著是柔軟溼潤——像是裝滿水的大塑膠袋落地的聲響。

老師後來仔細思考，認爲這也是理所當然。畢竟是數十公斤的物體掉落地面。物體內有做爲中心支柱的堅硬骨頭，然而，包覆骨頭的組織中大部分是水。以血液和體液爲例，細胞百分之四十是由水構成。

「硬物撞擊地面發出『咚』聲，和裝水塑膠袋掉到地上發出『啪沙』聲。兩者接連響起，便是我聽見的聲音。」

一開始，老師不知道那究竟是何種聲音，只覺得是有生以來從未聽過的詭異聲音，而且很不祥。他好奇發生什麼事情，衝到窗邊一瞧，一名男子倒在樓下的道路上。

這棟系館有六層樓，老師待的研究室在四樓。那人似乎是從上面樓層某處跳下，留在研究室的學生都擠到窗邊。他們束手無策地看著樓下的情景，忽然有人衝到道路上。此時，倒在圍觀群眾中間的男子倏地站起。

像是遭人從上方用隱形絲線吊著，他歪歪扭扭地起身，搖搖晃晃著猛然後仰，朝天空哈哈大笑。在樓上俯瞰的老師目睹男子翻了個白眼。

哈哈哈，男子大笑一陣後，彷彿吊著他的絲線切斷般頹然癱倒。老師和朋友，及聚集過來看熱鬧的眾人都只能半張著嘴，啞口無言。

救護車很快抵達，但男子已斷氣。有人告訴救護員「他剛剛曾站起來」，卻換來一句「不可能」。

「當時周圍的人明明都看見了。」

接著，老師又緩緩道：

「那眞的是很令人討厭的聲音……眞的。」

一起看見了

這是S就讀高中時，從導師那裡聽來的故事。

S的導師以前任教的學校曾有人自殺。死者不是學生也不是老師，而是女職員。自殺的動機不明，一名教師發現她在放學後的空教室上吊身亡。

那名教師衝進辦公室通報，眾人連忙趕到教室解下她的身軀。遺憾的是，她早就沒有呼吸。不過，有人建議「如果進行急救，搞不好能活過來，所以快叫救護車吧」。於是，其中一名教師衝出教室打電話，其餘教師讓她躺在地板上，但她已手腳冰冷。

應該拿個什麼給她蓋上，也得聯絡她的家人。不能讓學生看見，得禁止他們靠近。教師各自分配了工作，只剩S的導師留在現場，看守遺體。

但是，單獨和遺體待在教室裡，S的導師實在害怕得不得了。雖然知道她生前的模樣，卻無法直視她的遺體。面對突然橫亙眼前的「死亡」，S的老師坐立不安。因此，他雙手合十後，走出教室、關上門，站在教室前的走廊。

怎麼沒人回來？救護車怎麼還不來？他焦急地從走廊上的窗戶俯瞰校園。夕陽逐漸西下，學生在校園裡進行社團活動。新學年剛開始，學生的一舉一動彷彿是玩耍的延長，顯得非常活潑開心。

殞命的女職員去年高中畢業，那年春天才到這所學校工作。年齡和校園中發出歡笑聲的學生相差無幾。S的導師想著這些事情時，背後傳來教室門打開的喀啦喀啦聲。

S的導師嚇一跳，卻無法回頭。眼前的窗玻璃應當會映出身後的情景，可是西沉的夕陽從正面直射，他眼花看不清楚。不過，他仍察覺教室的門打開了。由於害怕窗玻璃映出不該看的東西，他極力避免聚焦在玻璃上，專注望著校園。此時，背後有人將雙手放到他的肩膀上。

他不敢確認那究竟是誰，一個勁地盯著正在活動身體的學生。某人的雙手就這樣放在他的肩膀上，靜靜佇立原地。既聽不見呼吸，也感受不到任何聲息。只有輕輕放在他肩膀上的雙手傳來冰冷的觸感。

直到其他教師返回的腳步聲響起，那人都搭著S的導師肩膀，和他一起眺望窗外。

樓梯間

這是Y以前就讀的中學發生的事情。

Y上那所中學時，舊校舍還在。那是棟古老的木造校舍，校方已不當教室使用，而是拿來當倉庫和資料室。通往二樓的樓梯共有三座，其中一個樓梯間掛著大鏡子。當時雖然只有一面，但以前是兩面一模一樣的鏡子相對掛著。

那是印著當地企業名稱的普通鏡子，約莫半個人高。站在樓梯間照鏡子，可看到全身，後方的另一面鏡子會映出鏡中人的背影。不僅如此，由於兩面鏡子相對，自己的身影彷彿會被連綿不絕地吸入遙遠的彼端。因此，Y說平常經過看一眼還好，要是周圍無人，獨自站在鏡子前盯著瞧，會很不舒服。

實際上，經常有人在太陽下山之際，目擊蒼白的光芒從其中一面鏡子飛向另一面鏡子。甚至有人看到半透明的人影。

據說鏡子相對而掛是很不吉利的，難保不會有不好的東西經過。由於實在詭異，大夥日落後都不會行經掛著兩面鏡子的樓梯。某天，一名男學生用球打破了其中一面鏡子，奇怪的光芒便沒再出現。

然而，在這之後，舊校舍的意外事故卻逐漸增加，次數多得不可思議。

K二六五

S就讀的高中有個名為「K二六五」的怪談。「K」指的是「寇海爾」，所以「K二六五」是寇海爾目錄二六五(註)，也就是莫札特的《小星星變奏曲》。因此，這個怪談又被稱為「小星星」。

那是很久之前，可能是戰前或開戰不久的事情。經常借用音樂教室的鋼琴，練習這首曲子的一名男學生，在某個春日消失無蹤。他的東西還在教室內，鋼琴上也還放著琴譜，所以眾人都認為他出事了。幾天後，盛開的杜鵑花叢中發現他半埋在土裡的遺體。傳聞他的死狀淒慘，恐怕是遇害後遭毀屍，不然就是蒙受殘酷的暴力後被殺。總之，頭號嫌犯是當時的校長。因為他消失那天，唯一留在學校的人就是校長。然而，大概是沒有確切的證據，校長並未遭到逮捕，凶手的身分依舊成謎。

在這之後，無人的音樂教室偶爾會傳出彈奏K二六五的琴音。校方認為是遇害的男學生心有遺憾，於是為他進行超渡，可惜毫無效果。不光學校，連校外也流傳著這個傳

註：奧地利音樂學家寇海爾為莫札特作品所編的號碼。

聞，校方只好將那架鋼琴移到體育館倉庫，但琴音仍不時從倉庫傳出。如果獨自待在沒有其他人的體育館，就會聽見虛幻又可憐的《小星星》旋律。最後，校方將不用的物品都放入倉庫，加以上鎖。從此，那倉庫成爲「打不開的房間」。

S在學時，校內依然保留著「打不開的房間」。體育館本身很老舊，幾乎不再使用，體育課都是在之後興建的第二體育館上的。不過，校方並未關閉舊館，向老師提出申請便能借用，因此被當成社團活動或學生遊玩的場地。舞台後方並排著幾間倉庫，其中一扇門牢牢上了鎖，據說已無人知曉鑰匙的下落，所以誰都沒親眼看過倉庫裡的那架鋼琴。可是，只要將耳朵貼在門上，便能聽見微弱的《小星星》旋律。

放置在黑暗中的鋼琴，琴弦也會生鏽，說不定已有部分斷裂，導致年年走調。若非知曉傳聞，實在聽不出那是《小星星》的旋律，但堅持自己確實聽到《小星星》的學生仍不斷出現。

遺願

N的父親是因肝衰竭去世的。

那個時候，N在國外留學。接到父親病危的通知，N急忙整裝返國，心中卻認定見不到父親最後一面了。N在飛機上不斷後悔，早知道就不要去留學。

記憶中一向健康的父親居然病倒，接獲父親入院的消息，N立刻察覺情況不妙。只是，回國一趟並不容易，N考慮回國的時機之際，父親的病況加劇。母親在電話中雖希望N回國，但並未催促，反倒要N別太慌張，路上小心。或許是認爲N肯定來不及。

然而，連醫生都非常訝異，父親撐了好一段時間。N趕到醫院時，他仍有意識。儘管不能講話，當N握住他的手，他會微笑回握，輕輕點頭聆聽N的話語。只有在N說「對不起，我來晚了」時，他微弱地低喃「不會」。那天晚上，他就像陷入沉睡般失去意識，隔天便靜靜停止呼吸，彷彿眞的是爲了等N回來。

N和家人將一臉安詳的父親帶回家。之後，N的家中發生一些奇怪的事情。

首先，一回到家，屋內的五個時鐘全停了。停止的時間都不一樣，並未指著特定的時刻。不過，N的母親和妹妹表示，連剛換電池、根本不可能停下的時鐘也都停了。

接著是電器用品壞掉。忙著守靈、舉行葬禮的過程中，電器用品接二連三地壞掉。雖然每樣都很舊，說是壽命已盡也不奇怪。總之，不斷故障的情況，連聚在家裡的親戚也目瞪口呆。

葬禮結束的一週後，宛如天上掉下來般，一隻小貓跑進家中。當N注意到時，小貓搖搖晃晃走著。N心想，大概是從敞開的窗戶或大門鑽入。可是，N幾乎沒在自家附近見過貓的身影，這隻小貓的出現實在太突然。

小貓約莫一個月大，乍看像是美國短毛貓，經獸醫鑑定，應該是和日本貓的混種。

N的母親抱著小貓笑道：

「這是你爸搞的把戲。」

父親生前，母親曾說想養貓，而且希望是美國短毛貓。雖然父親回答「到時候去買一隻吧」，卻一直拖著。之後，父親便病倒了。

「他眞的履行了約定……只是混種貓這點，還眞像你爸。」

至於故障的電器，也全是母親嫌老舊，希望能夠換新的品項。

「你爸雖然說要換就換吧，我又覺得都沒壞，換掉太可惜。」

所以，母親只是嘴上講講，並未付諸行動。如今既然故障，恰恰可用父親的保險金和退休金通通換新。

之後，家裡持續發生沒什麼大不了，但很奇怪的情況。比方，晚上N一家回到無人的住處，發現一盞出門前沒開的燈亮著。或者，當N和母親、妹妹陷入低潮，屋內會突然傳出各式各樣的巨響。有時是東西掉落聲，有時像是樹木爆裂聲。三人總會說著「啊，嚇我一跳」，望著彼此驚慌的表情，倍感滑稽地大笑。

然後，每逢父親的好友上門拜訪，N在父親靈前開心地報告時，蠟燭的火焰便會很高興似地用力晃動。

捉迷藏

K的母親還是小孩子的年代，並非每戶人家都有浴室。像K的母親老家所處的鄉下村落，連澡堂都沒有。因此，去有浴室的人家裡洗澡再理所當然不過。在這樣的時代，K的母親曾經歷一件怪事。

這天，附近鄰居來借浴室。夕陽已西下，朦朧的月亮逐漸升起。等待洗澡水燒好的期間（當然是先打井水，再以柴薪燒熱），跟著大人來洗澡的幾個孩童玩起了捉迷藏。當時，母親老家是那一帶唯一建有浴室的人家，可以想見是棟大房子。

K的母親不知已躲過幾次。由於舞台是自家，她非常清楚哪裡最適合躲藏。只要在家裡玩捉迷藏，她一定是最後被找到的。躲進那個地方，就會不斷聽見鬼發現其他孩童的喧鬧聲。終於，她也被找到了。這次自己也是最後一個吧，她暗想著走出來，才曉得還有一個男孩沒找到。

當鬼的孩童遍尋四周，依然找不到那個男孩。K的母親和其他孩童覺得光是等著很無聊，便和鬼一起找人，卻毫無所獲。不久，洗澡水燒好，大人催孩子去洗澡。

「遊戲結束了，快點出來吧。」

孩子在屋內各處喊著，男孩還是沒出現。大人不禁緊張起來。

他肯定躲在家裡，只是沒聽到大人叫他洗澡而已。大人也加入搜索的行列，但不論怎麼喊，男孩都沒現身，也沒回應。

「是神隱（註）。」

不知是哪個大人這麼說，還年幼的K的母親和其他孩童，「哇」地放聲大哭。

大人明明再三交代過，太陽下山後玩捉迷藏會遭到神隱。

若真是神隱，這樣是找不到人的。K的母親老家附近有個靈能者，眾人決定請她過來幫忙。念一會經後，她告訴大家，「我不知道他在何處，不過，要是沒在明天來臨前找到他，他會死掉。」

聽見這番話，K的母親和其他孩童嚇哭了。大人慌張召集附近居民，找遍家裡屋外，從地板下到天花板、屋頂，連水井也沒放過，仍舊找不到那個男孩。

束手無策的大人圍在地爐旁，不久，掛在柱子上的鐘響，宣告午夜零時的到來。忽

註：指孩子突然下落不明。

然，那個男孩從大人聚集的房間地板下爬出，站在泥土地上。

一群大人啞口無言地看著男孩，地板下分明也找過。大人問「你去哪裡？在做什麼？」，男孩回答「我在玩捉迷藏」，大夥皆是一愣。他一直躲在地板下，可是不管怎麼等，都等不到鬼來抓他，只好自己爬出來。

那孩子說，一潛入地板下就感到一陣濡溼腥臭的風，覺得很噁心，而且聽不到任何聲響。忍耐一會，他便怕得躲不住。

對男孩而言，他僅僅是躲一下子——僅僅如此。

之後，經常有人目睹男孩像木偶般呆站的模樣。他會佇立在覆蓋柔軟綠色的堤防或田間小路上，愣愣望著天空。和朋友一起玩時，他也會突然停止不動，彷彿周遭一切都不存在，兀自發起呆。這時候的他，看起來宛如靈魂被抽走。

然後，K的母親說，那孩子滿十三歲的某天，忽然就真的消失了。

相鄰的房間

事情發生在某一年，恰恰是T的外公彌留期間。T的外公長期住院，當時幾乎已無意識，最後就這麼走了，事情便是發生在三天前。

深夜，T因開門聲驚醒。以爲是母親來幫她蓋被子，於是沒睜開眼睛，打算繼續睡。果然，她察覺某人放輕腳步，悄悄走進房間的氣息。不過，T突然感到有些不對勁。那道氣息是從她的右邊接近。

T的床鋪靠牆。睡覺時，T的右邊只有牆壁。牆壁的另一頭是空地，不，由於T的房間位在二樓，應該說是空氣。以前幾乎與鄰家外牆相連，如今鄰家已拆除，只留下一塊空地。往昔兩棟房子靠得太近，因此鄰家那面牆既無陽台也無窗戶，不可能有人過來。

T微微睜開雙眼，看見腳邊熟悉的書桌，顯然沒因睡相太差，整個人換了方向。那麼，她的右邊理當是牆壁。房間的右側擺著床鋪和書桌，另一端——左側牆畔則放著書架和化妝檯，房門像是夾在兩樣家具中央。床鋪和書架之間，有個約兩張榻榻米大的空間。

T的目光移向房門，隔著兩張榻榻米大的空間，看得見書架及旁邊的房門，而門是關著的。

她戰戰兢兢地轉頭，原本在床鋪右側的牆壁消失，出現一個漆黑的空間。

雖然幽暗，但T知道那裡是自己的房間。隔著兩張榻榻米大的空間，她看見書架。書架旁邊是房門，再旁邊是化妝檯。床鋪左側的擺設完全相同。書架上陳列的書籍和小東西感覺也一樣，不管是擺放的位置或方式，一切都如出一轍。

不同的是，那一側的房門是打開的。房門敞開，張著漆黑大嘴。然後，一道黑色人影從房門走近床鋪。

T想放聲大叫，卻突然出不了聲，身體也動彈不得。黑色人影慎重地緩緩走來，站在床畔，俯視著T。雖然看得見人影背後的書架、牆壁和天花板，不知爲何，唯獨那道人影是一團漆黑。

黑色人影盯著T好一會，便消失無蹤，同時她的身體恢復自由。究竟是人影消失，她才能動？還是因爲她能動了，人影才消失？T也不清楚。總之，身體能動，黑影消失，床鋪右側的那個房間也變回牆壁。T突然有種預感，不禁彈坐起來，望向時鐘，時間剛過深夜三點。

T隱約覺得那道黑影是外公，是外公來見自己最後一面。一直俯視著T的黑影，似乎流露某種深刻的情緒。後來，T打起瞌睡，卻被家人叫醒，說是接到外公病況有變的聯絡。趕到醫院時，外公已是彌留狀態。他又陷入昏睡，沒再睜開雙眼，踏上了新的旅程。

T認爲那道黑影就是外公，即使回憶當時的情景也不覺得恐怖。只是，那晚原該是牆壁的地方，居然出現另一個自己的房間，光想就毛骨悚然，難以忘記那種奇怪的感受。

鬼

A說以前家裡有很多鬼。

——搞不好根本不是鬼，而是錯覺。只是，A仍不由自主地認爲是「鬼」。

那是A上小學之前的事情。當時，A的家裡有一道從玄關往屋內筆直延伸的走廊。踏進寬廣的玄關大門，迎面就是和玄關一樣寬的走廊。走廊兩側都是房間，房門和紙門並排著，並未與其他走廊或緣廊相連，也完全沒有窗戶。換句話說，那道走廊猶如綿延的隧道。

走廊途中有座像梯子的樓梯，得踩著設在半空中的踏板上下。雖然有扶手，卻沒有袖壁，且扶手和踏板之間都有空隙，看得見另一邊的情景。這座可上到二樓的階梯沿著牆壁設置，以致有段走廊變得比較狹窄。

走廊的盡頭是廁所。那是個和走廊同寬的小房間，剛好塞在走廊深處。換句話說，A的家裡有個和玄關大小相同的封閉空間。走廊一端是玄關，另一端是廁所，正中央有座階梯。

之後，A才聽說這種格局「不好」。雖然不知是否與格局有關，但「鬼」就在這道走廊上出沒。

A現在已想不起鬼的模樣，不過，她也沒有小時候記得很清楚的記憶，或許打一開始就是很不清楚的樣子吧。儘管叫「鬼」，她並無鬼頭上長角、身軀特別龐大的記憶，只有黃、紅、藍、綠、深灰色這些色彩鮮明到不可思議的印象。她記得鬼的全身幾乎都是這樣的顏色，卻不覺得鬼穿了衣服，或許那就是鬼身體的顏色吧。

先不談實際上究竟是怎麼回事，總之走廊上就是有某種五色的東西。那些東西待的位置經常改變，但會並排在走廊兩側，玄關較少，愈往內走愈多。靠近廁所的地方——尤其是樓梯下，它們會密密麻麻地擠在一起。年紀還小的A非常害怕那些東西。偶爾看到「鬼」站在客廳入口，她會害怕到不敢進去，改從別的房間或庭院繞道。最恐怖的是，夜晚上廁所的時候。

不可思議的是，她沒有因「鬼」站在廁所門前感到困擾的記憶，然而，要穿過緊緊站在兩旁的「鬼」的行列去廁所，還是令她恐懼。從二樓的寢室下到一樓時最恐怖。A覺得一踏上沒遮蔽物的階梯，走廊兩側的那些東西就會立刻抬頭望著她，經過走廊時，它們也會一直盯著她。返回二樓時，A害怕透過踏板的空隙與它們對上視線，幾乎都是閉著眼睛上樓。

A真的非常害怕。當她怕到忍不住哭泣時，大人便會給她藥吃。現在想想，那大概是治療夜啼之類的藥吧。但並不是吃了藥，就不會看到「鬼」，它們還是令她恐懼。向雙親哭訴那些東西多麼恐怖，雙親也只是告訴她「沒那種東西」。如此一來，她更是難過、更是懊惱，又不禁哭泣。相同的情況不斷反覆。

除了A之外，似乎沒人看過「鬼」。上小學後，來家裡玩的同學或家庭訪問的老師，似乎都看不見「鬼」。

於是，A下了決心。

倘若大家都看不到，自己應該也可以看不到。我不可能看見，什麼都沒有，我什麼都沒看見。

她這樣告訴自己後，果真就慢慢看不見。即使如此，有時經過走廊，還是會有毛骨悚然的感覺。之後，有人告訴A的父母她們家的風水不好，所以進行了改建。走廊的格局改變，那種毛骨悚然的感覺也消失無蹤。A說，現在她已沒有任何感覺。

透明貓

這是在T小學三年級發生的事情。

T的視力很差，左右眼都只有〇．〇二，當時也只有〇．三。從她有記憶以來，一直戴著眼鏡，除了睡覺，只有洗澡時會拿下眼鏡。

某天晚上，T和父親一起泡澡。

T的家人都喜歡比較燙的洗澡水，不過，對年紀還小的T而言，水溫實在太高，很快就會熱到不舒服。因此，只要一進浴室，她便會打開窗戶通風。距離浴室窗外一公尺左右的地方有道頗高的圍牆，正好和浴室窗戶的上緣差不多高。那是道平凡無奇的水泥牆，但牆上有異物。

一開始，T不曉得那是什麼。雖說浴室裡有照明，但外面很暗，加以視力不好，可依靠的眼鏡又放在脫衣處，於是T從窗戶探出頭，瞇起雙眼仔細觀察，原來是隻貓。有一隻貓，蹲在圍牆上。

T家附近野貓不少，看見貓並不稀奇。可是，那隻貓很奇怪——牠是透明的。半透明軀體中，可窺見骨頭和內臟，唯獨兩隻眼睛不透明，猶如反射板般發亮。T覺得十分詭異，便告訴父親：

「爸，那裡有隻貓。」

聽T這麼說，泡在浴缸裡的父親望向窗外。

「眞的有呢。」他悠哉地答一聲，又道：「牠爲什麼一直待在那裡？看起來是懷孕了，在休息吧。」

T定睛一瞧，那隻貓的肚子裡，確實有三隻縮成一團的小貓。牠們擠在一起，不時還會翻一圈。透明貓一直盯著戰戰兢兢凝望牠的T，當牠眨眼時，反射板似的光點便忽明忽滅。T一陣毛骨悚然，便關上了窗戶。

之後，T洗澡時都會在圍牆上看到貓。貓也總是蹲在同一地點，一直盯著T，而且身軀仍舊是透明的。不可思議的是，即使沒戴眼鏡，T依然能清楚窺見貓體內的樣子。儘管周圍景色朦朦朧朧，卻只有貓清晰可辨。因爲害怕看到那隻貓，後來T洗澡時，就不再打開窗戶了。

在那之後，又經過一段日子。

T出門買東西時，馬路對面的樹叢鑽出貓。從脆嫩的新綠間出現的是附近隨處可見，非常普通的三色貓。她不自覺地注視走在馬路對面的貓，緊接著小貓出現。一隻、兩隻、三隻。

剛長出絨毛的三隻小貓搖搖晃晃地追著三色貓。怎麼可能？T停下腳步。彷彿有所察覺，貓也停下腳步，回頭望向T。那隻不透明的貓意味深長地仰望T，接著「喵」一聲。

從此以後，T就非常怕貓。

告訴我們的事情

這是M的老師告訴他們的故事。

M的老師以前就讀的中學建有地下室，基本上是放置無用的物品或清潔用具的地方。據說，在那裡可聽見幾年前死掉的男學生叫聲。

某天放學後，這名學生留下來打掃環境。他遵循老師的吩咐，前往地下室拿水桶。獨自進入有點涼意的地下室，從胡亂堆積的物品中找出水桶，提著打算離開時，他卻突然走不出去。

眼前的門明明敞開著，也看得見另一邊的走廊和樓梯，毫無障礙物。可是，入口正前方像是有道看不見的牆堵住去路，害他無法前進。

他不知道究竟發生什麼事情，心想「怎麼可能」，邊找尋「出口」，卻沒有任何能夠通過的地方，他焦急得大聲求救。「無法前進」這個清楚明瞭的事實，反倒更像噩夢。企盼「誰來救救我！」的同時，他也希望有人能解釋一下情況。他敲著看不見的牆壁，將手邊的東西往牆上丟，拚命求救。

跟他一起打掃的同學，納悶著他怎麼還不回來，便去地下室查看狀況。然而，地下室空無一人，只聽到求救聲。難道他被壓在那些不用的物品下方？同學慌張地回教室向老師報告。於是，所有人和老師一起衝到地下室，發現剛剛不見人影的他。他像是抱住那些不用的物品似地倒下，早已沒有呼吸。

他的死因至今不明。從那時起，便不時有人聽到地下室傳出叫喊聲，據說正是他不斷發出的哀號。

——老師說完，班上幾個同學噗哧一笑。

「既然那傢伙死了，怎麼可能知道他的遭遇？」一個男生質疑，其他人大笑附和：「就是說啊。」但是，老師沒笑。

「因爲我們問過狐狗狸（註）。」

當然沒人知道他究竟發生什麼事情。事故發生後，地下室的叫聲成爲校園中的話題。因此，包含老師在內的數人，決定召喚他出來問個清楚。進入地下室後，他們在攤開的白紙上放十圓硬幣，硬幣立刻動了起來。「你是死掉的那傢伙嗎？」他們問道，得

註：一種類似碟仙的靈異遊戲。

到一句「是的」。於是，大夥要求他說明詳情。附在十圓硬幣上的他，氣勢洶洶地講述事情的經過。眾人追不上十圓硬幣指示的文字，重複詢問好多次。

「最後，不曉得是誰問『你到底是怎麼死的？』聽到的瞬間，十圓硬幣就死了。」

老師說，簡直就像是死了一樣，突然失去生氣，不再動彈。

K樓梯

某地方都市的大型商場有座樓梯。

據說，那座樓梯——K樓梯會出現幽靈。這是當地非常有名的傳聞，所以K樓梯附近通常都冷冷清清。至於傳聞中的幽靈，則有多種形象。有人說是女子，也有人說是渾身浴血的男子。雖然經常聽聞有人目擊，可是F從未遇見眞的看過幽靈的人。

——除了父親之外。

F的父親是興建那棟商場的工程人員。實際上，他在工程現場時，只要上下K樓梯就會很不舒服。

依他的證言，幽靈不光在K樓梯出現，而是在工地現場到處出沒。

一天，F的父親爬上梯子工作時，說聲「給我釘子」，旁邊立刻有人送上。由於站在很高的梯子上，他疑惑怎會從旁邊遞來釘子，側頭一看，根本沒人。不僅如此，他的周圍空無一人。他拿到的是一把生鏽的舊釘子，且所有釘子尖端都沾著血。

此外，監工也曾在工地現場遇到穿工作服卻沒帶安全帽的人物。監工提醒對方要戴安全帽，對方便緩緩回過頭。只見雙眼充血、臉色發黃的中年男子，瞪著監工慢慢消失，這種情形發生過好幾次。

工地現場會出現穿工作服的幽靈傳聞很有名，時間一到，工人便急急忙忙收拾工具，如鳥獸散。一名膽子大的工人不在意傳聞，留下來加班，隔天就去世了，聽說是心臟病發作。

另外，那棟建築物通往地下停車場的樓梯，也有年輕女性的幽靈出沒，經常與下樓的工作人員擦身而過。工地裡應該沒有女人，何況她還沒有影子，這樣一想，工作人員驚訝地回頭，卻不見任何人影。

不過，施工期間，倒是沒人在最有名的K樓梯目擊幽靈，只是K樓梯附近最常發生意外。單純因起身而頭暈目眩引起的意外層出不窮，工作人員不知爲何都討厭待在那裡。大夥認爲K樓梯一帶很陰暗，至少得讓氣氛開朗一點，廠商決定將扶手漆成明亮的紅色。據說，紅色具有驅魔效果也是考量的因素之一。備妥材料打算隔天動工，沒想到隔天來一看，扶手已漆成銀色。沒人曉得究竟是誰漆的。

根據傳聞，那裡曾是市民醫院的建地，不過F的父親不記得有這麼回事。雖然不清楚原因爲何，但F的父親直到現在都絕不涉足那座商場。

香水

放學後，A和朋友一起搭公車。由於社團活動的關係，那天比平常晚一些回家。或許是這樣，公車上只有幾個乘客，空空蕩蕩，非常安靜，所以A和朋友不敢交談，沉默地並肩坐著。「咚！」「咚！」忽然一陣衝擊，驚醒打瞌睡的她。

「咚！」座位又搖晃起來，背部也被撞離座椅，有人從後面踢椅子。她頓時怒火中燒，帶著幾分抗議，衝動地往座位一拍。於是，後方傳來不耐煩的話聲。

聽起來是兩個年輕女人。她們不管剛剛自己做了什麼，抱怨「這傢伙在搞啥啊？」顯然是故意要讓A聽見。一開始，她們說著「最近的高中生真沒禮貌」、「一點常識都沒有，真恐怖」，A忍耐著聽下去，沒想到她們居然講出「不曉得在哪裡下車？乾脆跟到她家」、「給她一個教訓好了」之類的話，還愈來愈大聲。她們生氣的程度實在太誇張，A不禁心生害怕，縮起身體裝睡。她祈禱對方會認爲座椅被拍，是因爲她睡迷糊，或睡著時身體移動，恰巧發出拍打座椅的聲響。

A拚命裝睡時，後方的兩人慢慢冷靜下來，話聲也愈來愈小，最後陷入沉默。不一會，其中一人像是突然想起似地低語：「對了，這個。」她好像是拿出香水，訴說不知不覺就買了不少家的香水之類的事情，接著傳來「噗」地噴香水的聲響。

「這味道好香。」雖然聽到這句話，A卻沒聞到任何味道。

「就是說啊。」

「不過，那味道沒消失耶。」

——噗，又噴一次香水。

「消失了？」

「沒有。」

——噗、噗。

「味道移動了。」

——噗。

「沒有消失。」

「沒移去那裡嗎？」

A開始覺得不對勁。邊噴香水邊說「味道還是沒消失」，到底是怎麼回事？後面的人說著「味道移動了」，又不高興地低喃「沒有消失」。然後，再度傳來噴香水的聲響，連她的臉都感受到一陣風。雖然沒聞到任何味道，但一想到被噴了香水，她心裡就不太舒服。噴香水的風吹來兩、三次，A終於無法忍耐，打算提出抗議，便直起身轉向後方。

後方的座位空無一人，不僅如此，沒人坐得比她更後面。她不由自主地起身窺望座椅的另一邊和周圍的座位，還是沒瞧見任何人影。坐在隔壁的朋友驚訝地看著她，那個朋友並未聽到半點聲音。

剛剛在打瞌睡，或許是夢吧？A暗想著，忽然在意起一件事。那兩個不見的女人，不是四處噴香水掩蓋某種味道嗎？果真如此，移動到其他地方的「味道」，究竟是什麼味道？

跳

那是O晚上在房間念書時發生的事情。O看見腳邊暗處有某種白白的東西。「那是什麼？」她納悶著彎腰往書桌底下一看，只見一個青白色的球在滾動。

正確來說，那不是球，而是一團球形光芒。白中帶著少許青色，發出非常微弱的光芒。沒有清楚的輪廓、沒有特定的質感，似乎也沒有重量，僅是圓圓的青白色。

那是什麼呢？她不可思議地看著書桌底下，歪著頭思考起來。那東西像是察覺O已發現它，就一跳一跳地滾到書桌旁的床鋪，潛入底下去了。

O認爲自己沒眼花，但不知爲何，她並不害怕，只是無法理解剛剛的情況。她有些在意，當晚留心著房裡各個角落，那顆球卻沒再出現。

幾天後，O打算睡覺，鑽進被窩。爲了方便在被窩裡關燈，她在垂下的電燈開關上綁繩子。往那條繩子一拉，就能關燈。不料，關燈的瞬間，那顆球從衣櫥的陰影裡滾出。

O說，剛要拉下電燈開關的前端時，那東西就在黑暗中發出光芒。開關的前端帶著一點綠色，那顆球則顯得更白，而且很大。約莫壘球般大。雖然關了電燈，但外頭路燈的亮光透進窗簾，隱約看得見衣櫥、書桌等家具的輪廓。

從衣櫥的陰影滾出的球，繼續滾動著橫越房間，快撞到房門的剎那，又一滾改變方向。不停滾動的球回到房間中央後，「咚！」低跳一下。跳、跳、跳地彈入書桌下就消失無蹤。

之後，球經常出現。通常是晚上，球會在房內稍微陰暗一點的地方滾動或跳躍。偶爾是在白天，一樣選擇夕陽製造的陰影，在略暗的地方滾動。它只是這樣出現，沒做任何事情，既不曾靠近O，也沒要從O的身邊逃開的樣子。它往往是突然滾出來，沒多久就消失。O始終不曉得它究竟是什麼玩意，更別提它出現的原由，卻還是不害怕，只是覺得不可思議。不過，她心知那不是尋常之物，所以沒告訴任何人，免得大家認為她很奇怪。

事情發生在它出現後，經過半個月左右的時候。

O放學回家，一踏進因天黑變得有些陰暗的房間，那東西就滾到腳尖前，幾乎是一蹴可幾的距離。忽然，O初次萌生想追趕它的念頭，於是彎下腰，伸出手。「咚！」那東西彈跳一下，避開O的手。

O繼續追逐。那顆球一跳一跳地滾動，滾到壁櫥前面時，就跳向壁櫥的紙門。沒撞上紙門，也沒發出聲響，咻地被吸入貼在紙門下方的剪報，消失無蹤。

「啊！」O想起曾剪下雜誌的插圖貼補紙門的破洞。那是她以前養的兔子弄破的。起初，兔子總待在房間角落的籃子裡，學會開門後，便隨性地跑來跑去。不知何時，兔子在壁櫥紙門上開了個洞，鑽進鑽出。她放在壁櫥裡的毛巾成爲兔子的床鋪，最後兔子也死在那裡。某天早上，她發現兔子躺在毛巾上，渾身冰冷。

仔細想想，那顆球滾動的樣子，和毛茸茸的兔子滾動般的走路方式非常相似。走動時彷彿在翻滾，不時彈跳。或許是不自覺聯想到這一點，O才完全不覺得恐懼。原來是這樣啊，她感到很高興。然而，那天之後，球就銷聲匿跡。她一直耐心等待，也曾四處尋找，但至今沒再見過那顆球。

對於那次追趕它的行動，O後悔不已。

白色畫布

這是K從轉學過來的朋友口中聽到的故事。

朋友以前就讀的中學美術教室內有張白色畫布。美術教室較裡面的地方畫分出放置物品的空間，角落的架子上堆著往昔的作品，其中有塊白色畫布。說是白色，但也不是什麼都沒畫，而是以白色油彩遮住原來的畫，隱約透出下面的暗色系顏彩。所以，不算是純白的畫面，感覺有些混濁，甚至骯髒、暗沉。傳聞，那是K的朋友入學兩年前，這所學校的美術老師留下的。

當時，一名男學生在上學途中車禍死亡，肇事者駕車逃逸。一大清早的，根本無人目擊，警方的調查陷入瓶頸。從那天起，年輕的美術老師變得有點奇怪，臉色一天比一天差，始終坐立難安，甚至也不去上課了，只在準備室裡拚命畫畫。某個同事感到不太對勁，偷看美術老師的畫，發現是一幅色調陰鬱的畫。畫的應該是傍晚，鈍重的光芒射進陰暗的房間。書桌並排著，所以那房間可能是教室，然後，教室裡有抹異樣的人影。

「那是什麼？」同事問美術老師。那看起來是上吊的人影。陰暗的教室中，有個穿制服上吊的男孩，和不幸遇上車禍的男學生有些相像。

同事這麼一問，美術老師才意識到自己在畫什麼。我怎會畫這種東西？他狼狽不堪。同事以爲他是因學生的死亡受到打擊。那名被撞死的學生是美術社社員，而他正是指導老師。

之後，美術老師仍默默面對著畫布，明明看起來早就畫完，他仍執著地不停重畫男孩的臉孔。畫了又擦、擦了又畫，看不下去的同事問：「怎麼回事？」美術老師露出著魔般的神情，「不論重畫幾次，他都會轉向我這邊。」

美術老師的樣子實在太不尋常，周圍的人們開始談論著，是否該讓他休養一陣子比較好時，他從校舍樓頂跳樓身亡，沒有遺書。只有準備室留著他的背包和白色長袍，以及粗魯地塗成一片白色的畫布。幾天後，警察造訪學校，原來肇事逃逸的犯人就是美術老師。

美術老師的私人物品應該都由他的家人帶走了，不知爲何只留下白色畫布。校方不敢隨便扔掉，便收到架子上。可是，那張畫布會突然出現在美術教室的某處，通常沒人曉得是誰從架上拿出來的。明明沒人拿，畫布卻憑空出現。發現那張畫布的人，當中有些人堅持自己看見時，畫布上是有圖案的。像是有個穿白袍的男子，在陰暗的教室還是某處室內上吊的圖案。

校方幾次討論要處分掉那張畫，只是每次談到這件事，最重要的畫布就會失去蹤影，等沒人再提起時，才不知不覺地回到架子上。

打不開的廣播室

K就讀的中學的七大不可思議中，有一個叫「打不開的廣播室」的故事。

現在的廣播室位於二樓的走廊上，以前是在北校舍四樓的最深處。聽說，曾有教師在那裡上吊自殺。那名教師將吉他弦掛在支撐天花板喇叭的零件上，接著爬到放備用品的架子頂端，往下一跳。那條極細的吉他弦深深嵌入脖子，幾乎切斷他的頭顱，牆壁、廣播器材上全是血。所以，學校只好設置新的廣播室，舊廣播室則上鎖，徹底關閉。

只不過學生之間流傳，舊廣播室雖已關閉，仍不時會傳出吉他聲。課堂上或放學後之類不可能廣播的時間，喇叭會突然打開，傳出雜音。其中混著像是物品掉落的聲響及隱隱約約的呻吟。

那是與K同校的姊姊，讀二年級時的事情。

掃除時間，姊姊和朋友一起去倒垃圾。走下樓梯經過關閉的舊廣播室，發現廣播室的門開了約十公分的空隙。

姊姊和朋友都聽過「打不開的廣播室」的傳聞。據說發生自殺事故以來，廣播室一直都是關閉的，不過看樣子似乎有人出入。姊姊十分好奇，原想窺探一下，朋友勸她「還是算了啦」。或許是話聲傳進廣播室，門縫中依稀有人影晃動。

「明明是『打不開的房間』……」

見姊姊有些失望，朋友安慰道：

「所謂七大不可思議都是這樣的。」

說的也是，姊姊念頭一轉，便和朋友去倒垃圾。

她們走下一樓，到後院的垃圾場丟完垃圾，又返回四樓。經過廣播室時，門已關上。姊姊試著轉動門把，也已上鎖。

之後，姊姊在社團活動時提起這件怪事，有個學姊也看過開著門的舊廣播室。

「是不是有人偶爾會使用那裡？」

她們議論紛紛時，指導老師恰巧過來。聽到姊姊的話，老師歪著頭疑惑地說：

「那裡的鑰匙很久以前就不見了。」

在眾人的追問下，老師解釋，廣播室關閉一陣子後，校方認爲那裡空著很浪費，決定拿來做別的用途，於是想打開關了好幾年的門。可是，不知爲何，鑰匙打不開那扇門，似乎有人偷換過門鎖。沒人曉得究竟是誰，又是爲了什麼目的。

聽姊姊講過此事的K，上國中後非常在意舊廣播室。每次經過，一定會留意門有沒有打開，卻不曾親眼目睹。唯有一次，剛走過門前，身後傳來「碰」的關門聲。

芝麻的種子

在S的母親小時候，S的外婆種過芝麻，可是到收成的時節，卻沒有一顆種子發芽。

附近的老人告訴外婆：「如果芝麻不發芽，播下種子的人就會死掉哪。」外婆很不高興地回道：「說這什麼不吉利的話。」但是外婆眞的在那年去世了。

因此，S的母親至今仍堅持不種芝麻。

掉東西

那天晚上，H坐在書桌前用功。

H和兩個弟弟共用的書房在客廳隔壁，是個以紙門隔出的和室。H的書桌正對著紙門，透過沒拉上的紙門看得見客廳的電視。這天晚上，母親和弟弟也是不管要準備考試的H，逕自看著熱鬧的電視節目。

H心想，好歹顧慮一下努力念書的女兒吧。不過，她的目光其實也不時瞟向電視。那是她停下手邊的事情，和其他三人一起笑出來時發生的怪象。

咻！某種不明之物掠過她的臉頰。

她的自動鉛筆發出「乒」一聲，在書桌上滾動。

回頭一瞧，背後當然空無一人。那個時候家裡只有母親和兩個弟弟，三人都坐在H眼前，窮極無聊地看著電視。

只可能是有人從後面丟自動鉛筆過來，但根本沒見著任何人影。而且，那是前幾天不見的自動鉛筆，她以爲掉在學校某處。

該感到不可思議還是害怕？H有些迷惘，沒把自動鉛筆放回鉛筆盒，而是擱在書桌角落。不知爲何，她沒辦法像以前一樣隨身帶著那支筆。

隔天上學前，她瞥向書桌，發現那支自動鉛筆消失無蹤。因爲她只是放著，或許是什麼震動讓筆掉到地上。H不打算找那支筆，也沒時間找，於是把要帶的東西塞進書包就出門。

下課時間，H和朋友去廁所，在走廊上邊走邊聊天，身後的另一個朋友叫住她。

H回過頭，只見彎下腰的朋友直起身子。她朝H伸出手，說道：

「妳掉了這個。」

朋友遞出的，正是那支自動鉛筆。

哪裡來的孩子

事情發生在I就讀的中學。

一名體育老師在教職員辦公室加班。晚上十點，只有這個老師還留在教職員辦公室。

工作告一段落，老師無意間抬起頭，發現有個小孩站在門扉敞開的辦公室門口。那是個中年級左右的國小女生，劉海齊眉，留著現在少見的妹妹頭，穿白上衣搭紅吊帶裙。她探進頭，好奇地窺望辦公室。

「妳在那裡幹什麼？從哪來的？」

聽老師這麼一問，女孩微微一笑。

「妳跟誰來的？」

老師起身想走近，女孩便露出惡作劇的笑容，推開手邊的椅子。接著，她往辦公室入口的門一踢，又露齒一笑。

見老師不高興地步向門口，女孩笑著逃跑。老師追在後頭，看到她奔過走廊，衝上樓梯。

「喂！」

老師拚命追趕。女孩從二樓爬上三樓，經過三樓，抵達四樓。

四樓通往屋頂的樓梯口設有鐵柵欄。老師抵達四樓時，女孩卻在鐵柵欄的另一邊。她站在陰暗的樓梯中段，微笑望著老師。

鐵柵欄的一部分雖然能打開，但上了鎖。這種時間肯定已上鎖。柵欄的空隙不超過十公分，應該連孩童也無法穿過。

一片黑暗中，女孩微笑注視著老師。

於是老師尖叫著逃回家。

——這個老師那年剛赴任，不知道I的學校其實以會出現兒童幽靈聞名。

某天晚上，I的導師打電話到學校。她回家後，才想起不小心將必須寄出的信件放在辦公室桌上。要是幸運，說不定還有哪位老師留在學校，拜託對方回去的路上順便幫忙寄掉就好了。雖然這麼打算，但已九點多，I的導師暗忖「應該沒人在吧」，試著撥打。鈴響三聲，有人接起話筒。「太好了。」她慶幸著，傳來的卻是童稚的嗓音：

「喂。」I的導師趕緊掛斷。

除此之外，某位老師準備跟同事一起下班時，聽到教室裡傳出桌子喀噠喀噠搖晃的聲響，似乎有人在奔跑。這麼晚了，居然還在學校玩。兩位老師互看一眼，點點頭，兵分二路同時打開教室的前後門。

「在做什麼？還不趕快回家！」

他們原想嚇嚇學生，教室裡卻空無一人。驚疑不定之際，換成隔壁教室傳出喀噠喀噠的聲響。

「喂！」

他們打開隔壁教室的門，依然不見任何人影，感覺被擺了一道。回到走廊上，剛剛那間教室的門口竟探出一個妹妹頭，看著他們笑。兩位老師嚇得衝出去。

沒人曉得這個女孩是誰，又是幾時開始在學校出沒，只聽說很久以前她就出現了。而且，不知爲何，唯有老師才會碰到她。

床單幽靈

念小學時，M看過幽靈。記不得是幾年級的事情，大概是四年級吧。某天深夜，她睜開睡眼，發現床尾站著幽靈。

M的床是親戚送的上下鋪，下面的床鋪已拆除，床腳也鋸斷了，所以睡覺的地方比書桌要高一點。床鋪底下放著收納箱，用來裝書本和衣服。M平常則從附在床尾的矮梯子上下床，白影就出現在那裡。看起來像是有人爬了幾階，彎身探向她。

M差點要尖叫，突然想起漫畫和卡通中常出現這樣從頭到腳罩著白床單的情節，便認定是小她兩歲的弟弟惡作劇。她懊惱自己居然會嚇到，罵句「白痴」就轉過身。一會兒後，她轉回原來的方向，白影已消失無蹤。

隔天，M戳弟弟一下。

「你昨天晚上惡作劇了，對吧？」

「才沒有。」弟弟否認。仔細想想，弟弟跟父母一起睡，還刻意來惡作劇也很奇怪。不過，M並未繼續深思。

之後，幾乎要忘記這件事時，M又在半夜醒來，腳邊同樣站著一個白影，爬到梯子中段，探出身子偷覷她。M打算好好嚇唬弟弟一番，裝成熟睡的樣子，手悄悄伸向枕畔，突然打開檯燈。果然是有人披著床單站在她腳邊。對方身高和孩童差不多，從床單空隙稍微看得到眼睛。

「你不要鬧了，不然我告訴媽媽喔。」

M這麼一說，床單立刻轉過身，跳下梯子消失。M也很不高興地翻了個身。她似乎就這麼打起瞌睡。突然驚醒時，見枕畔的檯燈還亮著，她伸手想關掉，卻發現床單居然漂浮在半空中。

床單恰恰從天花板燈的位置垂下，M以爲床單掛在電燈上。大概是惡作劇失敗不甘心，弟弟故意把床單掛在那裡，虧弟弟搆得到電燈。弟弟個子很小，就算站在M的椅子上，眞的能碰到電燈嗎？

M心想，得把床單拿下來，掛在那裡看著實在不舒服。不過，M太睏倦，一點都不想起床。乾脆留著，明天給母親瞧瞧吧。她正要伸手關燈時，瞥見垂下的床單裡有一雙腳。

白色床單垂掛半空，出現裙子般的褶痕，一雙白皙的腳在其中無力地搖晃。那雙腳塗著紅色指甲油，一看就知道是成年女性的腳。

M不禁彈坐起來。床單仍舊垂掛著，但或許是她起身的關係，看不到那雙腳。她跳下床，閉著眼睛越過床單旁逃出房間，衝進父母的寢室。只見被她吵醒的父母中間，弟弟睡得正熟。

M哭著告訴父母她目睹的景象。可是，母親陪她回房間一瞧，床單已消失。在那之後，M有段時間都和弟弟一塊睡在父母的寢室。

逃生梯

中學時，K曾到富士山畢業旅行，夜宿附近旅館的舊館。那是一棟感覺有點骯髒的三層建築，K和同學住在三樓邊間，就在逃生口旁。逃生口並未上鎖，打開一看，外頭是一座上下延伸的鐵製逃生梯，一路通往屋頂。

「這旅館好老舊。」

K和同學嘴上抱怨，不過畢業旅行的住處都是如此吧。畢業旅行的樂趣，與其說是享受旅行的氣氛，不如說是和朋友「一起過夜」，因此旅館的好壞並不重要。

實際上，大夥一進房就嬉鬧不休，直到老師來叫她們「關燈」。

那是關燈後發生的事情。

K聽到跑下逃生梯的聲響。

雖然關了燈，但根本沒人入睡。房間燈光一暗，她們便和躺在隔壁的同學閒扯起來。K也和兩旁的同學聊著八卦，卻聽見了腳步聲。

急促的腳步聲從樓梯接近逃生口，鏘鏘聲響聽著很不舒服。怎麼回事？K還在納悶，腳步聲已停止。沒聽到繼續往下——前往二樓的腳步聲，逃生口的門也沒打開。

雖然有些在意，K仍繼續和朋友聊天。過一會兒，似乎又有誰下來。伴隨惱人的鏘鏘聲響，從屋頂小跑步到三樓後，戛然而止。不久，相同的腳步聲再度響起。

到底是怎麼回事——似乎不光K察覺異狀，也有同學一聽到聲響便望向逃生口。此時，一名同學開口：

「這個聲響從剛剛就一直出現，不是嗎？」

聽到這句話，K才曉得小組六人都感到不對勁。

「要去看看嗎？」

不知是誰提議。

「不要啦，好毛。」

有人回應道。

之後，腳步聲仍不斷響起。她們在意得睡不著，便向前來巡視的老師抱怨。老師的房間在二樓，恰巧在K她們房間的正下方，但沒有一個老師聽到那個聲響。

「腳步聲？真的嗎？不會是聽錯吧。」

老師有些懷疑，還是在她們房間待了一陣子。可是，老師在的時候，腳步聲就不再出現。

「看來是停了。」

老師說著「妳們想太多，根本沒事嘛」，便離開房間。接著，怪聲又出現。某人從上面跑下來，發出的鏘鏘噪音根本沒停過，一直持續到深夜。於是，苦不堪言的K一行人到老師房間申訴。所有老師一起檢查屋頂和逃生梯，但沒發現任何異常。

「眞奇怪。」老師不明就裡，仍暫且陪著她們。

老師坐鎭的時候很安靜，所以包含K在內，大夥都沉沉入睡，不清楚老師離開後是不是還有腳步聲。當然，也不曉得怎麼會出現腳步聲。

不可思議的是，當時沒人認爲那是異常的情況——不，的確相當異常，但沒人覺得恐怖。比起恐怖，大夥更氣睡不著。隔天，坐上巴士後，K向其他小組的朋友提起昨晚的事，抱怨「被整慘了」，朋友不禁尖叫。「討厭，好恐怖。」聽朋友這麼說，K才心頭一驚。仔細想想還眞詭異，到底是誰——什麼人、爲了何種目的，要不斷跑下樓梯？

如今憶起，確實很不可思議，不過K依然不覺得恐怖。

說。

「事情發生的時候都不覺得恐怖了，所以就算回想也不會覺得恐怖吧。」K苦笑著

最後的水

還在念小學時，A見過一次幽靈。

那天早上，A一如往常被家人叫醒，不加思索地往右邊一看，發現床鋪旁有個半透明的人影。

房間裡已亮了起來，有些暗淡的晨光透進窗簾。那個人坐在A的床鋪旁，上半身是透明的，猶如灼熱的空氣般搖晃著，膝蓋以下的軀體漸漸消失。那張隱約看得出表情的臉，和祖父很像。

當時，A的祖父因癌症入院，雖然動過手術，但癒後狀況不佳。A每次去探病，都覺得祖父的身體愈來愈差。

「爺爺？」

A試著呼喚床鋪旁的人影，人影便屈身靠近，小聲地說：

「水。」

A全身一僵。年幼的他直覺有異，這個爺爺「不對勁」。

人影的身體壓得更低，彷彿要覆上他，毫無抑揚頓挫地呢喃：

「給我水。」

A實在太害怕，立刻躲進棉被，耳畔卻再度響起微弱的一聲「給我水」。A只顧閉上雙眼，緊緊抓著棉被。

待話聲消失，A稍稍探出頭，發現人影也已消失。A起身張望四周，母親正好來叫他起床。

他和平常一樣起床準備上學，不過吃早餐時，仍不自主地發呆。吃到一半，電話響起，醫院通知他們祖父不久前病逝。早上祖父的病況突然惡化，非常痛苦，最後在痛苦中去世。

長大後，A認為當時的遭遇就是所謂的「不祥預感」。每次憶起，他便不禁思考，祖父大概是「想要喝水」吧。如果能壓抑心中的恐懼，遞水給那個人影，會發生什麼事？說不定祖父的病況能再度穩定下來。

——是不是至少能不那麼痛苦，安詳地去世？

夢中的男人

上小學時，K住在某地方都市郊外的古老村落。村中有座小神社，神社中有間大堂。那棟建築物的三個側面都是格子門，而且全上了鎖。剩下的一面則是一道沒有門窗的土牆，所以根本進不去。西側的格子門上掛著一幅古老的畫，畫的是一艘屋形船遭大浪打翻，許多人在海浪中載浮載沉。雖不知畫的來歷，但她從小便覺得那幅畫很恐怖。大堂的旁邊有一架四人座的鞦韆，她常常去玩，卻十分害怕靠近大堂。不過，人就是如此不可思議，儘管害怕，她還是忍不住去看那幅畫。

於是，一天晚上，K做了個夢。

不知爲何，她在神社裡，四周一片漆黑。就算是平常，神社仍是會令人不由得心生寂寥的場所。大堂後方的樹林總是毫無人煙，即使是白天也不會有人想單獨進去。一到傍晚，來盪鞦韆的孩子便會立刻回家。只要太陽下山，就不想待在那裡——神社就是這樣的地方。然而，K卻獨自留在神社。不僅如此，她甚至戰戰兢兢地步向大堂，想要看那幅畫。

K知道夢中的自己想要看那幅畫。明明腦袋發出警告「好恐怖，不要過去啦」，她卻彷彿受到大堂誘引。走近西側的格子門，抬頭仰望，只見畫框已褪色。那幅畫嵌在框裡的木板上，到處都有剝落的痕跡，加上四周黑暗，看不清畫面，不過，K知道畫的內容。雖然知道，卻不願清楚看見。夢中的K瞇起雙眼，竭力辨識。K深切地希望夢中的自己不要這樣做。

此時，一個奇怪的男人從鞦韆那裡走來。

之後的發展，K記得不真切。不確定先後順序，總之她遭到那個男人追趕，拚命逃走。那是個成年男性，但K不記得他的長相和體格，只留下「怪人」的印象。並非他的言行舉止詭異，而是就一個人類來說，給K一種怪異、恐怖的感覺。雖然只是這樣的夢，但因為太驚悚，K不禁嚇醒。一睜眼已是早晨，恰恰是應該起床上學的時間。

K一如往常地走出家門，途中與總是一起上學的朋友會合。她立刻想告訴朋友做了個噩夢，但朋友比她先開口，非常認真地說「昨天好恐怖喔」。

K愣了一下，恐怖的是夢啊。回憶昨天的點點滴滴，她只記得一如往常地和朋友一塊離開學校、一如往常地回家……完全想不起可用「恐怖」形容的事情。朋友說完那句話，便陷入沉默。「是指什麼？」K直覺不能追問，搞不好會聽見和夢一樣的內容，可是那明明是個夢。眞的遭遇夢中的情況，她一定會告訴家人，何況她還清楚記得睜開眼睛時，心臟劇烈跳動的感覺。

之後，朋友便沒再提起那件事。兩人不僅從未深入討論過，K更是不曾主動提及。她依然會去神社玩，但絕不會待到日落西山。不久，她就搬家了，和那座神社與那個朋友的緣分也都斷了。

拍攝對象不明

Ｉ念小學時，校舍角落有間老舊的理科教室，原本當作學生的實驗室，現下已沒用來上課，成爲教師的儲藏室。隔壁是準備室，平常上鎖不能進去。據說是考慮到存放著過時的藥物、標本和實驗器材太危險，已關閉約莫十年。這種場所往往會有一些怪談，然而Ｉ的學校並未出現任何傳聞。連「七大不可思議」的傳言都沒有，或許和幽靈、迷信之類的無緣吧。

某天，Ｉ和同學打掃走廊的時候，發現那間準備室的鎖壞了。鎖頭上的金屬零件鬆脫，他們半好玩地一拉，便輕易拔起。接著，他們好奇地窺看裡面的狀況，彷彿在探險一樣。

但除了成堆的金屬棒及方形木材，根本沒瞧見與理化實驗相關的物品。在他們的想像中，室內應該擺著滿布塵埃的詭異標本或不知使用方法的實驗器材，所以多少覺得有點期待落空。

他們偷偷潛進去，發現沒有一項東西和理科有關。只有一捆捆的紙張和紙箱堆積如山。

角落疊立著幾張裱框的舊照片，乍看是校園中隨處可見的肖像照，像是歷代校長之類的威嚴人物半身照。

沒人曉得照片上的人是不是校長——不僅如此，連究竟是哪裡的什麼人，都不知道。爲什麼呢？因爲那些照片都沒有頭。

每一張都是穿西裝的男人半身照，可是領帶上面的部分卻彷彿融化消失，一片模糊。

I說，之後他們所有人尖叫著逃了出去。

小偷

T剛上中學的時候，村裡流傳著令人討厭的傳聞。

村中有一戶人家子女眾多。一開始，村民覺得那家的太太有點奇怪，她看起來似乎是懷孕了。然而，別人問「有喜了嗎？」，她卻回答「只是發胖」。以母親為首的一群主婦莫名地確信，「絕對不只是發胖，那種胖法是肚子裡有小孩的胖法。」當時還是中學生的T無法理解，心想大概生過小孩的人才明白吧，但又感到有些不快。既然本人否認，幹麼不相信？就算她真的懷孕，也沒有義務向鄰居報告。可是，主婦的態度像那家的太太做了什麼壞事，在背後講她壞話——如今回想，當時T完全不懂母親她們究竟意指為何。

過一陣子，那個太太瘦了下來。此事成為左鄰右舍的話題，大夥語帶責備地議論「突然瘦下來了呢」。年紀還小的T猜想，或許她是不勝其煩，乾脆減重。不料，「瘦下來」的事情，逐漸演變成惡質的流言。也就是說，她突然瘦下來，是因為生孩子，卻沒人見過那個孩子。該不會是偷偷殺掉？她是不是早就打定主意，所以堅持「只是發胖」？

「她說再有孩子，日子就過不下去了。」

「就是硬要隱瞞，才顯得可疑啊。」

不管怎樣，散播這種謠言實在太過分，T暗暗想著。連母親都湊上一腳，更讓T不高興——當時她正值對大人做的任何事情都感到不滿的年紀。

某天，上幼稚園的弟弟告訴T「小正掉進水溝」。

T以爲發生意外，非常慌張，仔細聽弟弟的敘述後，發覺並非如此。原來是和弟弟上同一所幼稚園的小正這麼說過。他們在附近的路旁玩時，小正指著水溝說：「小正掉下去了。」

「這樣啊。」T附和著弟弟。小正就是子女眾多的那戶人家的小孩。

幾天後，放學回家途中，T看到弟弟和小正在玩耍。那是村外通往田地的小路，恰恰在小正家後方。一側是小正家，另一側是別戶人家的倉庫，往前走則是連綿不斷的田地。小路兩旁雜草叢生，像是堤防一樣。雖然還算寬敞，卻罕有人車經過，所以成爲孩童的遊樂場。

T向兩人揮揮手——然後，她注意到兩人玩耍的路中央有個鋼鐵製的水溝蓋。

小路底下是排水道。路上留有方便清掃或安全檢查的洞，覆蓋著格子狀的方形金屬板。透過格子看得見發出巨響的洶湧水流。

弟弟說的「水溝」，該不會是指這個吧？T隨口問：

「小正是掉進這裡嗎？」

小正開朗地回答：「沒錯。」

「不小心掉下去的嗎？」

「被丟下去的。」

「被誰？」

「小偷。」

咦？T驚訝地追問：

「小偷？小偷放進去的？」

「小偷丟進去的。小偷打開蓋子，把小正丟進去。然後水嘩啦啦沖過來，小正就被沖走了。」

「誰救你的？」

「沒有。」小正一臉認真，「就被沖走死掉了。」

T頓時愣住，於是弟弟插嘴：「你不是還活著嗎？」

小正解釋：

「雖然活著，可是已經死了。」

T有點不安地問：

「那是什麼時候的事情？」

「不久之前。」

小正說，晚上小偷抓走小正，打開水溝蓋丟進去。小正被漆黑的水愈沖愈遠，死掉了。

「傻瓜。」弟弟開口，「幹麼不喊救命？」

「喊了，不過媽媽一直哭，沒辦法啊。」

「媽媽？」

T反問，小正點點頭，嘆氣道：

「小嬰兒好可憐。」

T不禁啞然。被丟到水溝裡的究竟是小正，還是嬰兒？她想弄清楚，卻怎麼都說不出口。T的腳邊傳來轟隆隆的水聲，金屬製的水溝蓋下水流洶湧。

T並不相信那些惡質的流言。

可是，在那之後，她便莫名害怕起那個水溝蓋。

牆壁裡的男人

Y住在某間大學的男生宿舍。那是棟老舊的建築，但因住宿費便宜又附早晚餐，對於家境不太寬裕的他來說，實在是幫了大忙。

如此老舊的宿舍，理應會有一、兩個怪談，卻沒有這方面的傳聞。住宿生經常深夜聚會，難免聊起一些怪談，可是也沒人提過宿舍有什麼不對勁。大多是似曾相識的都市傳說。

某天晚上，Y在寢室睡覺。宿舍原本都是雙人房，角落恰恰能塞進一張上下鋪的床，扣掉床鋪後，大約剩下三坪的空間。以前是兩人共用，近年住宿生減少，於是變成單人房。

要睡上鋪還是下鋪，隨個人習慣不同，不過Y都老實地睡在下鋪。或許是很久以前購置的床鋪，Y躺上去感覺有點小。只要伸直身子，就會頂到腳邊的牆壁，所以他養成稍微蜷縮側睡的習慣。

當晚，他也維持同樣的睡姿，但不知為何半夜忽然醒來。瞥向暖被桌上的鬧鐘，確認是凌晨四點多。他暗暗納悶，怎會在這麼奇怪的時間醒來，翻身朝牆壁躺好後，眼前出現一張人臉。

乍看之下，牆壁上出現像是眼鼻的汙漬，他不禁嚇一跳。本來就有這種汙漬嗎？他思索著，那雙眼睛和鼻子突然往前凸起，浮現一張顏色和質感近似牆壁的人臉，且鼻尖幾乎要碰到Y的鼻尖。

Y全身僵硬，發不出聲音。臉色和牆壁一模一樣的男人，不斷微微側首，疑惑地盯著Y。

「……嗎？」

男人的話聲悶悶的，彷彿是在提出疑問。

Y雙眼圓睜，根本無法回話。

「……嗎？……夫嗎？」

男人反覆地問，聽起來似乎是：「康夫嗎？」

由於擠不出任何話語，Y拚命搖頭否認。男人歪著浮出牆壁的腦袋，一遍又一遍地問，依稀是想確認：是飯田康夫嗎？那是另一個住宿生，Y一心只想逃走，口齒不清地說「那……那……邊」，指出飯田同學寢室的方位。

「這樣啊。」語畢，男人便消失不見。牆上沒留下任何痕跡。

隔天早上，徹夜無眠的Y有些害怕地前往宿舍餐廳，想找飯田同學。那是個陰鬱的早晨，微暗的天空雖然已轉亮，空氣卻像隨時會下雨般滯悶。只見飯田同學一臉不愉快地吃著早餐。

「欸，你早上是不是遇到什麼事？」

Y問得有些心虛。飯田同學微愣，點點頭答道：

「虧你看得出來。剛剛接到電話，家人說我叔叔去世了，我等一下就要回家。」

道謝

高一時，T曾在學校昏倒，遭送醫住院。她腹痛劇烈，需要緊急手術，所幸康復狀況良好，三、四天後便能下床走路。事情就發生在這段期間。

那是個悶熱的梅雨季夜晚。這棟蓋在郊外的醫院，建築物還算新穎，顯得頗爲明亮。然而，周圍是山和田地，一到夜晚就瀰漫著寂寥的氛圍。T有種與外界隔離的孤立感，情緒十分消沉，加上是單人房，沒有其他人的氣息。雖然靜謐，卻帶著壓迫感，T反倒心神不寧，無法入睡。這天，T也難以成眠。室內頗爲悶熱，周圍田地又傳來盛大的蛙鳴，T煩躁不已。

T實在睡不著，不斷翻來覆去。到了深夜，不斷嘗試催眠自己的她終於累了，打起瞌睡。突然，傳來巨大的開門聲響，她嚇得睜開眼睛。

病房內很暗，外面的走廊也很暗。藉著前方逃生門的顯示燈，T勉強看見門口的景象，發現有個背對微弱照明的黑色人影。人影靜靜佇立，一動也不動。她搞不清狀況，一逕凝視著人影，待眼睛習慣黑暗後，才分辨出那是穿藍睡衣的壯碩男子。對方望著她——或者該說是望著她的病床，頭部微微前傾，叉開雙腿站著。T直覺認爲，男子正惡狠狠地瞪著她。就在她怕得打算按下呼叫鈴時，人影彷彿被吸入黑暗般消失。簡直像是化成漆黑的粉末，融入四周的黑暗。當下，她才終於明白自己撞見不好的東西。

隔天，她告訴母親這件事，但母親推測是其他患者睡傻了走錯房間，沒把她的話當眞，最後還問是不是她太吵，所以有人來抗議。不是這樣的，她拚命向母親解釋。她愈是回想，愈覺得詭異。不只是詭異，她甚至感到遭受惡意威脅，恐懼不已。

聽T反覆辯解，母親帶著笑意說「好吧，就當是慎重起見」，幫她在病房裡灑鹽。她對此舉的效用感到懷疑，晚上緊張得睡不著。不過，男子沒出現，隔天晚上、再隔天晚上，也都沒出現。

四天後，又是一個熱到睡不著的夜晚。她想起那名男子，心中湧起一股厭惡感，但同時也認爲已不要緊。她靜不下心，輾轉反側之際，突然察覺蛙鳴止歇，一陣不尋常的風吹進門口。房門底下那約十五公分高的縫隙中，有張白臉正在窺探病房。

她發不出聲音。有人趴在走廊上，從縫隙窺望自己。不是男子，似乎是個老太太，穿著類似白色和服的衣物，不過，說是和服其實更像睡衣。之所以如此判斷，是因老太太爬進只有十五公分的縫隙。不光是她，還有個可能是她孫子的女孩，同樣穿著白色睡衣，小手握著念珠爬進縫隙。

老太太和女孩爬到離床尾不遠的地方，並肩端坐，雙手合十開始念經。念了一會後，老太太客氣地向T行禮，說「謝謝」。女孩也模仿她的動作，行了個禮。接著，兩人就如煙霧般消失。

T放聲尖叫，趕來的護士陪她到早上，但什麼異狀都沒發生。往後的一週裡，T沒再遇到任何怪事。

現在T已不覺得恐怖，只是對收到道謝一事無法釋懷，心情非常奇妙。

路燈

M是漫畫家的助手。每當碰上某名漫畫家的地獄截稿日，深夜就得輪流到便利商店補給食物。漫畫家的居所位在寧靜的住宅區，夜間顯得十分寂寥。要前往大馬路旁的便利商店，必須在夜半無人的住宅區中走好長一段路途，所以一定會至少兩人結伴同行。這天晚上也不例外，M的兩名同事外出採買。

不久，兩人抱著戰利品回來，表情卻都帶著困惑。她們發現附近有可疑的人。那是距離工作室有段路的地方。在闃寂的住宅區稍微走一小段，就會抵達一個算不上十字路的岔路，路口設有電線桿，並裝了路燈。在微弱的照明下，幾個人影好似緊貼著電線桿佇立。

兩人頗爲驚訝，這種時候怎麼有人站在那裡？更怪異的是，其中有小孩的身影，像是一對夫妻和小孩，總共三人。小孩還年幼，被母親抱在懷裡。地獄截稿日的深夜時分，這對父母竟帶著如此年幼的小孩，愣愣地站在外頭，究竟是什麼情況？M的同事覺得非常不可思議。而且一家人一逕沉默地低著頭，就算她們經過，也沒抬起臉或是有任何動作。不僅如此，連家人之間的對話、眼神交流之類的溝通互動都沒有，就這樣佇立在不冷不熱的夜晚中，彷若被收集起來放置不管的物品。

到底是怎麼回事？兩人不自在地走過路燈下那一家人的面前。

兩人買完東西折返時，那家人依然待在原地。同樣是低著頭，宛如雕像般站著。這種時間他們究竟在幹麼？此事引起工作室眾人的一陣討論。

翌日，直到天亮才睡的她們被外面不尋常的騷動吵醒。警車的警笛聲、直升機的噪音傳來，她們從床上跳起，打開電視才曉得附近的民家發生命案。慘遭殺害的是雙親和小孩，凶手還分屍以便丟棄。唯獨去參加露營的女兒逃過一劫。

「昨天晚上的那一家人。」她們異口同聲道。

只是，當時那一家人應該早已死亡，並且被分屍了。回想起來，路燈似乎較平常微弱。雖然那一家人就站在路燈下，卻完全看不清臉孔。只能從輪廓中隱約看出身形。遇害的是他們嗎？果眞如此，爲何要站在那裡？對經過眼前的兩人也沒說一句話。

「一定是想警告被留下的女兒不能回家，才會守在外頭吧。」

——M她們下了這樣的結論。

烏鴉

M的父親是木匠。他夢想著總有一天要買一幢中古屋，親自重新裝潢。然而，儘管將此事掛在嘴邊，他根本連個架子都沒替M做過。他老是說「改天、改天」，卻從未做出架子或狗屋。所以，M和母親都認爲，就算眞的買房子，父親也絕不會動手。

既然如此，乾脆蓋新房子——M會這麼想，是因當時住的租屋老舊。門窗不易開關，汙漬斑斑，加上整間屋子都很陰暗，到處都會發出嘎吱聲響，感覺十分不舒服。

那是某天發生的事情。大概是星期天吧，M白天在二樓的房間寫作業，頭上突然傳來嘰嘰聲響。怎麼回事？她抬眼一看，又傳來嘰嘰聲響，簡直像是有人在天花板上散步。她心生害怕，慌張地抓著作業到一樓客廳。

從那之後，只要M一想起，天花板上就會傳來怪聲。咿呀咿呀，彷彿有人在走動。有時她甚至覺得天花板的吊燈在搖晃。由於實在太詭異，她抱持被嘲笑也無妨的心情，告訴雙親天花板上似乎有人。

沒那回事，父親一笑置之。二樓的天花板是很薄的三合板，根本無法支撐人類行走。

「不可能像電視劇常演的，有人躲在天花板上。我們家的天花板處處凹陷，待在上面肯定會摔下來。」

父親這麼告訴M，還說他上去天花板時，都是沿著屋梁移動。

原來如此，M接受了父親的說法。然而，怎麼聽還是有腳步聲從天花板傳來。或許是受父親的話影響，她覺得天花板似乎有點彎曲，但父親認爲是她想太多。同住的只有家人，也無法自外頭潛入天花板，這一點無庸置疑，M只好努力將腳步聲當成「房屋本身發出的聲音」。

這種狀態持續一陣子後，M有時會在房內聞到腐爛的噁心味道。這也是我多心了，M自我安慰。不料，臭味卻日漸濃厚，尤其是遇上高溫潮溼的日子，更是臭到令人生氣。某天，母親走進M的房間，皺起眉頭問：

「妳有沒有聞到一股臭味？」

果然不是我的錯覺，M暗暗想著。於是，她和母親試著尋找臭味的源頭，卻毫無所獲。母親向父親談及此事，父親終於起身到M的房間梭巡一遍。

「的確有股臭味哪。」

父親這麼說。M一直覺得那味道是從天花板飄出的，總不由自主地將臭味和腳步聲聯想在一起。因此，她戰戰兢兢地開口：「會不會是在天花板上？」

父親雖然有點懷疑，仍取來工作用的梯子和手電筒，從隔壁的儲藏室爬進天花板。不久，天花板傳來一陣移動的聲響，當然，不像腳步聲。如同父親提過的，他不會踩天花板，而是沿著屋梁移動。

過了一會兒，上面響起父親的話聲：「給我垃圾袋。」M拿著垃圾袋，踩上梯子後，父親捏著一個黑色物體出現。

那是烏鴉，正確來說是烏鴉的屍體。父親一臉厭惡地捏著羽毛前端，屍體散發出強烈的臭味。

烏鴉死在天花板上嗎？可是，牠是從哪裡進來的？

M忍不住問，父親不快地回答「我不知道」。

「雖然搞不清是怎麼回事，但真的就像妳說的。」

父親讓M也瞧瞧天花板上的狀況。她踩著梯子，探進天花板，令人窒息的熱氣和黏膩臭味便迎面襲來。不怎麼寬敞的天花板夾層沾染噁心的汙漬，厚厚的積塵上有一連串腳印，顯然是光腳四處走動的痕跡。

——果然有人，M這時才一陣毛骨悚然。

可是，父親卻說「不是的」，抓著屋梁上天花板。不過一踩，天花板便發出聲響，明顯彎曲。M在一旁看著，隨即明白父親一旦整個人踩上去，天花板肯定會立刻破裂。既然如此，那些腳印是怎麼回事？怎麼瞧都是成人的腳印。難道是沒有體重的不明之物在漆黑的天花板上遊走，放下烏鴉的屍體嗎？這麼一想，M再也沒辦法在二樓的房間睡覺。

父親不高興地收拾掉烏鴉的屍體。過一陣子，M一家便搬到別處，父親下定決心買了全新的成屋。誰曉得中古屋會有些什麼東西？自那之後，M的父親就經常這麼說。

藍色的女人

F的家裡有幽靈。F記得是在小學一或二年級時初次看到幽靈。

當時，F還跟雙親一起睡在一樓的起居室。一天晚上，她突然醒來。那想必是深夜吧，因爲左右的雙親都睡得很熟。越過熟睡的母親，她看見藍色的光芒。母親對面的紙門上，有道搖曳的藍光。如今回憶，那就像光線反射在水面上，形成模糊朦朧的格紋。

搖曳的藍光美麗得不可思議，F一直緊盯著。那道光芒逐漸聚集，變化成某種形狀。F愣愣地見證光芒形成巨大的女人臉孔。

那是張青白色的年輕女性面孔。她原本低著頭，長長的劉海垂落，接著忽然抬起臉，朝F望去，憤恨地瞪視。那個表情實在太恐怖，F不禁放聲大哭。雙親驚慌地醒來，女人的面孔卻消失不見，於是被當成F做的「噩夢」。但是，F始終頑固地認爲那絕不是夢。

此後，F有時會在家中感受到不可能存在的人物氣息。不論黑夜或白天，無人的起居室會傳出腳步聲或其他聲響，F甚至覺得有人穿過她背後或走廊進入客廳。這種情形不斷發生，雖未清楚看見那人的模樣，也沒造成實質的傷害，F心裡還是很不舒服。

升上四年級的某晚，在客廳裡和家人聊到一半，F起身去上廁所。返回客廳的途中，經過起居室，紙門恰巧開著。由於聽到了摩擦榻榻米的聲響，F探頭一看，只見一片黑暗中，走廊燈光照到一個女性的背影。F以爲是母親，隨口問句「妳在幹麼？」就離開，沒想到母親卻在客廳裡。

F十分驚訝，仔細回想後，明白那人影不可能是母親。因爲母親是短髮，而那女人是長髮，還穿著不合時節的藍色夏季針織衫。

說到藍色，F立刻想起那個過去曾看過、映在紙門上的女人。說不定她在家中察覺到的種種氣息，都是源自那女人。

之後，F仍會在起居室感受到某人的氣息、聽到腳步聲，卻不曾看清對方的模樣，或遭遇任何實際傷害。可是，只要想到「她在屋裡」，就會連帶記起那副憎恨的表情，頗爲恐怖。這些情況頻繁出現好一段時日後，突然停止。

F升上五年級時，父親驟然去世。母親將收納父親牌位的全新佛壇放在起居室，那女人的氣息便完全消失。從此以後，F再也感覺不到那女人的氣息或聲音。F認爲是去世的父親替她趕走了那女人。

可是，隨著年歲漸長，F開始心生疑惑。一樓的起居室本來是父母的寢室，等F大到能自己睡後，母親也搬到別的房間，那裡便成爲父親的房間。而女人的氣息只會出現在起居室周圍——僅限父親的房間。

F小時候看見的那張女性面孔——也就是浮現在紙門上的藍色面孔，瞪視的對象眞的是F嗎？還是睡在F背後的父親？這麼一想，F不由得認爲，女人之所以消失，或許是已達成願望。

固定位置

即使成為高中生，I和姊姊還是睡上下鋪。I睡上鋪，姊姊睡下鋪。那張床的上鋪和下鋪之間，從上鋪算下來約三十公分處有什麼東西，I如此主張。

I是在一年前左右發現異狀。某天晚上，她在念書時，背後傳來嘆息聲。I和姊姊的書桌靠著牆壁並排，I的桌子在前，姊姊的桌子在裡側。I的桌子就在床邊，桌緣幾乎要碰到床。當她面對書桌坐下時，臉畔傳來「唉」一聲，非常粗重的男人嘆息。

I驚訝地回頭，當然沒看見任何人。她感覺聲音是從右斜後方，也就是床鋪傳來，但照理說是不可能的。姊姊已就寢，睡在下鋪的姊姊頭部位置比坐在書桌前的I腰部低，上鋪空無一人。何況，上鋪也比坐在椅子上的I頭部高，所以聲源處只可能在上下鋪之間。大概是聽錯了，I愣愣盯著上鋪下方約三十公分的空間。

之後，只要深夜獨自醒著，I就會聽到嘆氣聲，而且大多是坐在書桌前的時候。那是無法當成錯覺，極為清晰，宛如從腹部深處將痛苦一吐而出的沉重嘆息。I覺得那是把靈魂榨乾的聲音，彷彿能觸摸到吐出的氣息。每次都是從上鋪算下來三十公分左右之處傳來的。

有時I打算睡覺，躺上床時也會聽到嘆息聲。某人在床的正下方發出粗重的嘆息，偶爾還會翻身。那不是姊姊，因爲I感覺是某人的身體撞到上鋪底部，引起像是透過床鋪往上頂般的震動，甚至會聽見翻身之際，軀體摩擦上鋪底部的聲響。

由於實在太不舒服，忍耐三個月後，I跟姊姊提起這件事。不料，姊姊鬆口氣似地說：「妳也感覺到了？」

姊姊差不多是和I在相同的時間點，發現上下鋪之間的異狀。當時，姊姊覺得有人盯著她的睡臉，赫然驚醒。明明有人非常靠近地吐氣，睜眼一看，卻什麼人也沒有。房內沒其他人，只有在上鋪熟睡，發出陣陣鼻息的I。

此後，同樣的狀況持續著。當姊姊打起瞌睡，就有人湊近她的臉。雖然睜眼一看，沒有任何人，但她總覺得那道視線來自上方。某人在那裡，聽得見對方的呼吸聲，及身體有動作時，衣物的摩擦聲。她躺臥的上方有東西，就在上下鋪之間，不應該存在任何東西的空間。

只是，姊姊主張那是女人。

姊姊有時會感受到窺看她睡臉的人翻身的動靜。包括一舉一動的氣息、衣物的摩擦聲，乾燥的頭髮甚至打到姊姊的臉，顯然對方是長髮。因此，姊姊堅稱那是女人，絲毫不肯退讓。有一次，姊姊睡迷糊，伸手揮開頭髮，沒想到手居然被反咬。姊姊說是很細，而且尖銳的兩排牙齒，肯定是女人。

I不禁一愣，那麼，粗重的嘆息是女人發出的？她難以置信。在她的想像中，對方是體格良好的中年男人。那男人還留長髮嗎？這也有種不協調感。

總之，I和姊姊一致同意，有問題的就是從上鋪算下來三十公分左右的空間。

特殊的二樓

這是N在加拿大留學時的遭遇。

考試前，N到朋友的住處念書。那是棟距離大學很近的老公寓，對學生而言是有點奢侈的房子。N不禁感嘆「你好厲害」，朋友解釋「二樓比較特殊啦」。據說是二樓的房租特別便宜，大概是一樓有餐廳等店家比較吵雜的緣故吧，N暗暗猜想。不過，實際造訪後，N還是很羨慕。朋友住的是二樓邊間，十分寬敞、乾淨，氣氛也很好。白色的牆壁、房門和窗框，總之就是給人「加拿大老公寓」的感覺。

兩人分別躺在沙發上及坐在地上念書。傍晚，朋友做了晚餐，不過就連吃飯，他們教科書也不離手。加拿大的大學沒日本那麼輕鬆，只要去考試便能拿到學分。教授可是卯足全力出題，如果解不開題目，眞的會被當掉。

兩人默默用功到深夜，突然有人敲門。與其說是敲門，更像是砰砰砰地拍著門。怎麼回事？N驚訝地抬頭，發現朋友一臉厭煩地皺起眉。

「不必在意。」朋友拋出一句話，視線又落回教科書。可是，這段期間還是有人不斷敲門，該不會有什麼急事吧？好比發生火災之類的緊急狀況。

N代替朋友起身，無視朋友叫他不要理會，直接走到玄關，透過門上的貓眼看向外面。他剛湊到門上，敲門聲便停止，而且門外沒有任何人。

「外面沒人，」朋友阻止想開門的N，「所以不用管。」

眞是不可思議，N暗暗想著，敲門聲又響起。這次不是朋友的住處，而是隔壁或對面的住戶。砰砰砰，敲門聲持續響著，但似乎沒有應門的動靜。N再度湊近貓眼，隔著走廊的斜前方住戶門口空無一人，白色的門上卻印有數枚紅手印。

N嚇得無法動彈，敲門聲戛然而止。過一會兒，換成隔壁——走廊這邊的隔壁門響起敲門聲。斜對面住戶的門上仍附著好幾枚重疊的紅手印。N按捺不住，輕輕開門，朋友並未阻止他。

透過門縫窺探隔壁，雖然有敲門聲，卻沒瞧見半個人影。不過，像這樣開門望去，對面住戶門上的鮮紅手印已消失，敲門聲也瞬間止歇。

N一關上門，對面又傳來敲門聲。他不由自主地三度湊近貓眼，發現對面住戶的門上出現手印。如同之前所見，門上留下紅手印。

「只有透過貓眼，才看得到手印，明天就會不見。」朋友告訴N，「然後，即使透過貓眼，也看不到敲門的人。」

「所以，二樓是特殊的。」朋友苦笑。二樓所有住戶的門都會被敲過一輪。雖然不是常態，不過比「偶爾」的頻率高一點。

傳聞這棟公寓的停車場曾發生命案，但沒人知道這種狀況是否與那件案子有關，也不清楚爲何是二樓。房客們僅僅曉得，不去在意就沒問題。

「一個晚上只會出現一次，你可以放心了。」朋友說。

果然，敲門聲漸漸遠去，最後消失在公寓一角。

之後，N也拜訪過幾次朋友的住處，卻唯有那天聽到怪聲。

喜歡

Y的女兒最近終於會講幾個詞語，像喜歡的玩具是「米飛兔」玩偶，喜歡的遊戲是「鞦韆」。

玩偶是Y買來給女兒當朋友的，但她不曉得女兒爲什麼喜歡鞦韆。住家附近的公園設有鞦韆，只是女兒還沒大到能玩。Y不記得帶女兒坐過，也沒印象教過女兒「鞦韆」這個字眼。不知何時起，女兒會要求玩「鞦韆」。原先，Y告訴女兒「妳還小，不能玩」，可是女兒實在太常說「鞦韆」，所以Y試著抱女兒坐了一會。然而，這好像和女兒口中的「鞦韆」不一樣，只見女兒邊盪鞦韆，邊不高興地嘟嚷「鞦韆」。Y的雙親送兩張椅子相對的室內型鞦韆給女兒，依然跟女兒想的「鞦韆」不同。目前，最接近女兒認定的「鞦韆」，似乎是被爸爸抱著搖晃的動作。雖然她的神情仍舊有些疑惑，還算是高興。

「到底是怎麼回事?」

Y和丈夫一頭霧水，不過女兒原本就是有點不可思議的孩子。據說，動物和孩童能夠看見成人看不見的東西。其實，女兒從襁褓時期，就經常盯著令人意外的地方。尤其是搬來現在住的公寓後，這種情況益發頻繁。女兒會突然望向上方，而後注視空中半晌。那種時候，女兒會露出看得津津有味的表情，就像在觀賞喜歡的電視節目，甚至發出開心的笑聲，指著虛空。雖然女兒開心是好事，但Y也感到有些不舒服。尤其是丈夫不在家，和女兒獨處的夜晚，發現女兒忽地緊盯半空，Y便會背脊一涼，想制止女兒。

Y不相信世上有幽靈，卻不得不認爲女兒看見了什麼無法解釋的景象。其實，Y並不中意現在的住處。決定選擇這裡，是考慮到離丈夫的公司很近，房租也便宜，可是公寓本身散發一股晦暗感，Y就是無法喜歡。屋內似乎總是充滿沉滯的空氣，明明不是多老舊的建築物，怎麼看都算是雅緻的風格，卻有種閉塞感。不僅如此，她會沒來由地毛骨悚然。晚上也曾聽過怪聲，像是「唰」地撫摸東西。

「那大概是某種動作引發的聲響，知道原由就沒什麼大不了吧。」

尤其是當女兒突然凝望半空，又聽到「唰」的怪聲，Y便會陷入恐怖的想像，坐立難安。

某天，Y在洗衣服，背後傳來女兒歡快的笑聲。她想著「玩得眞開心」，不料，洗完衣服一看，女兒拎著詭異的物品。她用帶子綁住「米飛兔」的頸項，揮動著玩偶，笑個不停。

妳在幹麼？Y高聲質問。女兒嚇一跳，回答「鞦韆」。

Y慌慌張張地拿起玩偶，嚴厲地糾正：「這樣米飛會很不舒服。而且這不是鞦韆吧，那個才是。」Y指著外公和外婆買的鞦韆，女兒卻指著半空說：

「鞦韆。」

之後，每當Y發現女兒凝望半空，便會覺得那裡垂懸著異常之物，害怕不已。

第七水道

T的中學母校流傳的七大不可思議中，有一個叫「第七水道」的故事。以前曾有女學生死在學校的游泳池裡。明明很會游泳，也不是踩不到底的深度，她卻在上體育課時溺水。沒人發現她溺水，等課程結束，朋友找不到她，全班動員一起搜尋，才發現她沉在池底。她的遺體緊靠著排水孔，剛好就在第七水道下方。之後，漸漸出現「在第七水道游泳，會被拉住腳」的傳聞。

這個傳聞非常有名，T也聽過有人被抓住腳。但是，「那個人」不是老師的中學同學，就是畢業許久的學長姊的朋友，及暑假偷跑進泳池的附近小學生等等，沒有一個是T認識或聽過名字的人。

「反正都是從某某的朋友聽來的故事，不然就是朋友的朋友。」

T經常和朋友這麼打趣——雖說如此，在流傳著這種傳聞的情況下，上游泳課仍令人心裡不太舒服。泳池老舊可能也是原因之一。而更衣室不光老舊，還非常陰暗，感覺溼溼冷冷，大夥都不喜歡那裡，女生尤其討厭游泳課。一年之中，當地根本沒幾天是適合游泳的炎熱日子。梅雨期間依然很冷，待氣溫上升到適合游泳的夏天，又放暑假了。暑假結束，便漸漸吹起冷風。最後都是每年七月的暑假前，像是盡義務般地上個兩、三次游泳課就結業。

那一年也不例外。目前已上過兩次游泳課，第三次則是暑假前的最後一堂體育課。這天的課程內容是全班計時游二十五公尺。當然，之前沒有任何人被拉過腳。

前半堂讓大家練習，接下來終於要開始計時。全班按照座號站在水道前，以老師的哨音爲準，跳進泳池。T不是第七水道，不禁鬆了口氣。

計時是由老師、不能下水的學生，及順序比較後面的學生負責。第一組游完，便交給他們計時，接著換第二組，再來是T所在的小組。泳池共有八條水道，八個人配合老師的哨音下水，必須游完二十五公尺。

雖然等待的期間身體多少有些暖和，池水卻極爲冰冷。池水帶著綠色，有些混濁。T不擅長游泳，速度慢了許多，游在前頭的同學雙腿打著水，掀起非常大的白色泡沫。

T追著同學，途中沒有停歇，好不容易順利游完二十五公尺，時間也還過得去。大夥互相討論成績時，換下一組測驗，等最後一組游完，第七水道前留下一個學生。

那個學生泫然欲泣，害怕地環視四周，結束測驗的學生也面面相覷。這天下水的學生剛好四十人，分配到八條水道，不可能會落單。而且是按座號從第一水道排下來，怎麼會有學生留在第七水道？

有沒有人還沒游？老師出聲確認，學生也彼此詢問，但每個人都測驗過，也沒人游第二次。全部的人都只計時游一次。老師的紀錄表上，除了一個不能下水的學生外，寫著所有人的時間。

全班都愣在岸上，那個落單的學生聽從老師的指示，獨自在第一水道進行測驗。老師則在第二水道陪著一起游。

軍服

S的童年玩伴中，有一個興趣頗怪的男生。他是軍用品的收藏家，而且對新品或複製品毫無興趣，熱衷於收集二手貨。

有一次，S無意間在街上和這個玩伴重逢。雖然兩人都在家鄉工作，但高中畢業後，就幾乎沒碰過面。S和他在書店偶遇，便到附近的咖啡廳大聊特聊，最後自然而然去了久違的對方家裡。

充當書房的老舊和室內，依然擺滿古老的鐵甲、坑坑窪窪的便當盒等收藏品。S記不得朋友到底是何時開始蒐集，又是出於何種契機。不過，他們原本就不是非常親近，很少造訪彼此的家。印象中，當S注意到時，對方已成爲收藏家。大概是兩人的交情不好也不壞，除了是童年玩伴外，找不到什麼共通點吧。

只是，和S記憶中的房間相比，收藏品顯然增加許多。雖然以前就不少，但如今這裡全是收藏品，別無他物。

「還真是熱衷。」S暗暗想著，但朋友沒有特別想談論這些收藏的意思。反倒是S主動說：「你這些收藏實在了不起。」

「還好啦。」朋友這麼回答後，又道：「我幾年前弄到很厲害的東西。」他從架上拿出一套軍服。看起來似乎是舊日本軍的軍服，從胸口到腹部有著令人不舒服的汙漬，甚至殘留幾個彈孔。

「聽說是帶著憾恨死掉的士兵遺物，好像是從屍體上脫下的。」朋友一臉得意，S覺得這個興趣實在不太好，忍不住皺起眉。大概是誤會S的表情，「你不相信，對吧？」朋友露出奇妙的笑容，又自言自語：「算了。」然後，朋友便以衣架撐起軍服，掛上紙門的橫梁。接下來，兩人聊起往事，不知不覺就到了深夜。朋友熱情地挽留S住下，而S從明天開始暑休，心情很輕鬆，於是當晚睽違多年地與童年玩伴並排入睡。

關掉電燈，鑽進被窩後，兩人仍斷斷續續聊著往事，好不容易才睡著。不知經過多久，S突然在深夜醒來。看一眼手表，就快要天亮。S想再睡一下，翻了個身，卻發覺有人站在漆黑的房裡。

有人站在牆邊——S嚇一跳，隨即想起那是朋友收集的軍服。會看成人影，是因軍服恰恰掛在紙門前。朋友的呼吸聲從旁邊傳來，所以不可能是朋友。隱約可見的白色紙門前，有一道黑色背影。S不經意望去，發現那道背影有頭。像是垂著臉，朝紙門佇立。越過軍服的肩膀部分，能窺得些許側臉。那男人咬牙切齒地瞪著某處。

男人彷彿隨時會轉過頭，S裝睡又翻了個身，將棉被拉到眼睛的高度，拚命閉緊雙眸。

S迷迷糊糊地睡著，再度醒來時，太陽已高高升起。朋友早就起床，悠閒地在窗邊抽菸。

S瞥向紙門，軍服消失無蹤。他跟朋友提起昨晚的遭遇，朋友乾脆地點點頭。

「大概是他的忌日吧，每年都在同一天出現。」

語畢，他回頭對S一笑：

「所以，我才說是懷抱憾恨啊。」

超車

某天晚上，U開車載著朋友奔馳在鄉間道路上。

那是一條貫穿田園地帶，視野良好的筆直道路。由於是凌晨三點，別說是行人，幾乎也沒其他車輛。兩人把握大好機會，猛踩油門，遠遠超出速限。

途中，U看見前方有個白色物體，隨即發現是穿白衣的女人背影。她低著頭，走在雜草叢生的路旁。

「怎麼可能？」朋友不知是在尖叫還是歡呼，U也大叫「出現啦」。這種時間，女人不可能單獨走在這種地方，還穿著必備的「白衣」，一定是幽靈沒錯，兩人激動地吵嚷著，不過，眞的相信那就是幽靈嗎？其實，連他們自己都不曉得。

U和朋友原本就喜歡怪談。U買車後，兩人便經常在深夜兜風。他們會去傳聞有幽靈出現的隧道、山路，或者四處找尋傳聞中的廢墟。不過，從未碰到眞正奇怪的事情。只是每次碰到有點可疑的情境，便會遇見什麼似地情緒高昂。儘管如此，他們並不認爲自己眞的看見幽靈或遭遇怪事。最後是一場空——這樣承認很無趣，所以明知根本毫無異狀，卻還是刻意要熱鬧一番。

這天也不例外，U這麼說。但是，他覺得情況有點不對勁。凌晨三點，附近甚至看不見任何人家的燈光。

U的心裡雖然有點疙瘩，仍興奮地開車接近那個女人。車頭燈打向她的背影。

女人身穿白色夏季洋裝，踩著覆蓋路肩的綠草，低頭一步一步走著。她髮長及肩，年齡大約在十八歲到二十歲之間。由於前髮垂落，瞧不清臉孔，但體態和氣質給U這種感覺。白衣的領口別著海豚形狀的藍色別針。

吵鬧不休的朋友頓時安靜下來。U仔細地觀察，她的下巴線條十分纖細，嘴巴很小，有著圓圓的輪廓，連細微的地方都看得一清二楚。車速慢到他們足以看得一清二楚——簡直像慢動作般，他們追過她。

U比對女人和車速好幾次，因爲速度慢到他有餘裕比對。即使車速表的指針指在將近七十公里的位置。

女人的白色身影彷彿浮現在後照鏡中，緩緩遠去。只有被車頭燈切割開來的狹窄前方風景，恍若飛行般快速流逝。

U的視線從鏡子移開，瞪著前方踩下油門。坐在副駕駛座的朋友轉身盯著後方，隨即低語：「快逃。」

「她在看這裡。那是什麼？」

說著，他跳起來似地面向前方，吩咐：「不要看鏡子，總之快逃。」

U便按照朋友的話這麼做了。

求子方式

N最近終於離婚。至於原因，簡單說就是「生不出小孩」。實際上，N沒那麼想要小孩，丈夫也不怎麼執著，似乎更希望繼續過兩人生活。執著的是丈夫的父母和親戚。不論是逢年過節或婚喪喜慶，回到丈夫的老家，就會被問：「肚子怎麼還沒有消息？」若僅僅是這樣催促，倒很常見，N覺得忍耐一下就算了。問題出在公婆和親戚提供的「求子方式」。

結婚兩、三年後，親戚像是要透露祕密般，告訴N：「其實有個好方法，去參拜墳墓就行了。」在丈夫的鄉下老家一帶，一部分人相信「參拜墳墓就能擁有小孩」的傳統說法。聽到對方強調「所以妳一定要試試看」，N便感到很痛苦。

最佳時段是晚上，沒人的話白天也行。只是，要去參拜的不是祖先的墳墓，也不是祖先墳墓所在的墓地，總之隨便哪個墓地都好。不過，據說土葬的墳墓最好。「雖然現在已沒有土葬，起碼得找老舊的墓地。」提議的親戚這麼勸告。偷偷前往墓地，尋一個適合的墳墓奉上鮮花和線香加以祭拜，便能有孩子。盡量選孩童的墳墓，如果沒有，就找看起來沒什麼人祭拜的墳墓。

起先，N以爲是進行這樣的善舉，自然會有善報。不料，親戚中的一個阿姨露出告知狡猾作弊方式似的表情，說「想要女兒的話，去撿女孩就好了」，N才發現並非如此。

孩童的墳墓往往殘留想再次出生的強烈思緒，所以容易撿。有人悉心祭拜的墳墓會因「已經升天」很難撿起來。相反地，無人照顧的墳墓較好撿，但從徹底遭棄置的墳墓撿起來，生下的孩子性格大多頗扭曲，要特別注意。

在婆婆的邀約下，N去過唯一一次的「參拜墳墓」。之後，有段時間N相當擔心。萬一懷孕怎麼辦？她沒有生下的打算。

對婆家而言，那或許是理所當然的事，可是N怎麼也無法忍受。婆家難以理解N抗拒的心情，不滿她明知有這種求子方式，卻不肯去做的態度。兩邊的關係愈來愈惡劣，最後導致離婚。

電話亭

六甲山的兜風路線，以會「出現幽靈」聞名。不過，山裡還有一條「後山路線」。那條路上有一座隧道，據說也是靈異勝地。

諸如開車經過這座隧道，會飛來白色手掌，接著是臉，入口還會出現女幽靈。不然就是會有老太婆趴在車頂，或有人從後面追車之類，總之都是常見的怪談，可信度非常低。

「不過，如果要去試膽，這樣反而剛好。」T分析道。

於是，T安心地和朋友前往當地試膽。

不出所料，隧道裡毫無異狀。然而，夏季的山中散發獨特的氣氛，交織濃重的黑暗和茂盛的綠意，還有味道。飄散在味道底層的，是快要腐敗的水的臭味。昆蟲的鳴叫、鳥兒的振翅聲、小動物的氣息，夏季的山中潛藏著各式各樣的存在，連生死的界線都模糊不清，就像闇鍋（註）一樣，有種出現什麼都不奇怪的詭譎感。

他們享受著獨特的氣氛，奔馳在夜晚的道路上。出隧道再往前一些，有座山廟。行經寺廟正門底下的途中，眼前出現電話亭。其中一個朋友想起有事情需要聯絡，T便停下車子。這是手機還不普及時的故事。

朋友走進電話亭。因爲天氣炎熱，打開電話亭的門後，她以背部壓住門，伸手拿起話筒。T也下車幫她壓門。剩下的兩個男性朋友則留在車上抽菸。

或許是鮮少使用，電話亭的角落結著非常多層蜘蛛網，電燈附近聚集飛蟲和蛾類，昆蟲屍體散布在地板和話機上。「真噁心，妳快一點。」T不禁催促朋友。

好啦，朋友隨便應一句。接著，「妳說什麼？」她突然提高音量，大概是在問通話的對象。或許是雞同鴨講的關係，重複幾次「妳說什麼？」後，她終於把話筒從耳邊移開。

「有奇怪的聲音。」

T湊近朋友遞來的話筒，的確聽見有人在低喃。T「喂」一聲，那個低沉扭曲的嗓音也學著「喂」一聲。T斥責「你是誰？不要鬧了」，那個低沉扭曲的嗓音又以古怪的抑揚頓挫複述「不要鬧了」，噗哧一笑。朋友通話的對象也感到困惑，「好像有奇怪的聲音。」

註：又稱爲「黑暗火鍋」。一群人帶著各種食物，在黑暗中將食物丟進火鍋烹煮，開動之前，沒人知道自己會吃到什麼。

快掛掉吧，T勸朋友，把話筒還給她。朋友點點頭，告訴對方下山後會再聯絡。此時，突然有東西掠過T的頭頂。

T不由自主地縮起身子，伸手一撥。仔細一瞧，手上有蜘蛛絲——像是多條蜘蛛絲搓揉成一條，纏繞在手上。T揮著手，試圖甩落蜘蛛絲。「哇！」朋友尖叫著避開，不小心關上電話亭。朋友連忙掛掉電話，打算走出電話亭，但不知爲何，門文風不動。打不開！朋友驚慌地嚷嚷，手在臉頰周圍不停揮舞。T看見朋友的手上，纏著很粗的蜘蛛絲。

T從外側拉電話亭的門，門卻動都不動。發現兩人神情焦急，留在車裡的兩名男性朋友也趕緊下來幫忙。然而，即使三人合力，門依舊毫無動靜。放我出去，電話亭內的朋友忍不住哭泣，附著在她頭髮的蜘蛛網上殘留乾枯的飛蟲屍體。

由於門怎樣都不動，他們沒辦法，只得打破玻璃救出朋友。

這場遭遇實在太令人不舒服，加上不曉得如何善後，所以他們想著「去寺廟商量看看吧」，前往山廟。幸好，庫裡（註）的燈還亮著。他們很不好意思地拜訪，提到在電話亭發生的狀況。接待他們的住持笑道：

「這種深山裡，不會有電話亭吧。」

回到原地一看，果然沒有電話亭。

所以，他們立刻慌張地下山。

註：指寺廟人員平時起居的地方。

從工藝教室

這是Ｋ的堂弟Ｊ上國中那年的事情。Ｊ一上國中，便加入桌球社。桌球社每年都會在暑假進行合宿訓練。說是合宿，並非去別的地方，只是住在學校而已。早上在顧問老師的陪同（監視）下自修，下午則是一直練習。打掃、洗衣和三餐都由社員準備。雖然感覺會很累，但和意氣相投的伙伴一起吃飯睡覺應該挺有趣。最後一晚，他們會在校園升起營火和放煙火，唯有當天不強制熄燈，稍微放縱也沒關係。聽到這些，Ｊ十分期待初次參加的合宿。

親身經歷後，合宿果然如同想像般辛苦，卻也如同想像般有趣。接著，來到最後一夜。

校園裡，社員堆起柴薪，準備升火。Ｊ和另外兩人在稍遠處準備煙火。他們打開買來的煙火，按種類分別放好。此時，Ｊ不經意地望向校舍，瞥見正面二樓的窗戶映出白影。

那是擁有玄關大廳的中央校舍，一樓是校長及教職員的辦公室，二、三樓則是美術和音樂之類的專科教室。J看見的白影，浮現在位於教職員辦公室正上方的工藝教室窗戶。那間教室不可能有人，中央校舍傍晚就關門上鎖。值班的老師回家後，沒人能進出。

J十分詫異，指著工藝教室窗戶告訴周圍的人。大夥放眼望去，已不見人影，但所有人都目睹窗簾晃了一下，彷彿某人捲起窗簾又忽然放開。

雖然禁止進入，還是有誰偷跑進去嗎？

J和朋友環顧四周，社員都在場。他們的視線移回工藝教室，窗戶不知何時打開了。「咦？」他們忍不住驚呼。

「窗戶……好像打開了？」

「怎麼可能？」

那扇窗戶不可能打開。J瞥見人影時，窗戶的確關著。由於玻璃的反射看不清裡頭的人影，模糊得教人懷疑會不會是錯覺。然而，窗戶現在明顯是敞開的，工藝教室的窗簾隨風飄動。

正在準備營火的社員與顧問老師，留意到J他們的狀況，便聚集過來。「怎麼回事？」老師詢問，他們指著工藝教室的窗戶。面向陽台的窗戶，確實有一扇打開。J剛要說明直到前一刻那扇窗戶都關著時，發生匪夷所思的事。

建築物窗外是一排面對校園的陽台。工藝教室前面陽台的金屬扶手上，掛著幾條曬乾的抹布。暑假期間經風吹雨淋，抹布變得相當乾燥，硬邦邦的。突然間，其中一條抹布掉下扶手。

那條抹布像是從陽台內側被推向外側，維持掛在扶手上的形狀掉落，發出微弱的聲響還滾了一圈。

若是剛擰乾掛上去的抹布，或者柔軟的乾燥抹布，也許會因風吹、震動滑落。然而，在地上滾一圈仍維持扶手的形狀，如此硬化的抹布會自然掉落嗎？

J暗暗想著，視線轉回工藝教室。陽台正前方的樹梢大大地搖晃，彷彿某種具有重量的東西掉到樹梢上——不然，就是有東西跳上樹梢。大夥看得一陣緊張，J也覺得會有什麼跳下來，凝視著搖晃的樹枝。

可惜，只有這樣。沉沉搖動的樹枝靜止，唯獨乾硬的抹布在校園中滾動，工藝教室的窗戶依舊開著。

這件插曲至今仍是社團內的話題。

隧道

K的哥哥和三個朋友一起去旅行，搭朋友的車在東北繞了一圈。為期一週的旅行結束，行經高速公路要回家時發生怪事。

載著四個人的車，在深夜抵達一座很長的隧道。進入隧道之際，周圍的確有幾輛車。馳騁在又長又寬的隧道，不知不覺間，四周的車輛全不見蹤影。當下，他們並未察覺異狀，但說時遲、那時快，一名白衣女子衝到車前。

負責駕駛的朋友立刻踩煞車，伴隨鈍重的撞擊聲，白色影子如閃電般跳上保險桿，消失在車子後方。打滑的車身擦過隧道牆壁，好不容易才停下。負責駕駛的朋友率先跳下車，K的哥哥和其他人尾隨在後。值得慶幸的是，全車無人受傷。大夥臉色發青、腳步踉蹌，仍急忙衝向車子後方。

然而，四處都沒有被害者的蹤跡。在橘色燈光形成的奇妙陰影中，眾人在路面尋找被害者，從車子底下到周遭都沒放過。儘管如此，別說是女子，根本沒發現任何車禍的痕跡。

「明明撞到了……」

四人面面相覷，遇上這種狀況怎麼辦？該報警嗎？正當他們束手無策時，一台亮著「空車」燈號的計程車，從對向車道駛來。計程車司機停車，搖下車窗問：「怎麼啦？」

計程車司機應該很清楚如何處理吧。K的哥哥和朋友彷彿想抓住最後一根稻草，向對方全盤托出：我們撞到一名女子，可是遍尋不著她的身影，也沒殘留血跡。聽完四人的遭遇，計程車司機理解地點點頭，「我明白了。這座隧道曾發生火災，命喪火海的人，有時會突然出現。」

根據計程車司機的說法，這座隧道經常發生類似的情形。雖然K的哥哥一行人難以釋懷，但不光是女子不見蹤影，連他們車子的保險桿也毫髮無損。

「要是真的撞到人，不可能全身而退，起碼車子會撞凹。」計程車司機解釋完，又安慰道：「雖然撞到幽靈，心裡會不舒服，但不是真的車禍就好。」

確實如此。他們向司機道過謝，雖然內心仍有疙瘩，還是坐上車子。車身有擦傷，一邊的後照鏡也撞歪了，好險還能動。眾人終於鬆口氣，車子駛出隧道。不知何時，周圍逐漸出現卡車和私家車。看著那些車子，朋友之一開口：

「沒引發追撞眞是萬幸。」

沒錯，大夥再度望向撞歪的後照鏡，安心地吁口氣。不曉得當時周圍爲何沒車，否則緊急煞車很可能導致追撞，釀成重大車禍，甚至是連環車禍。而且，假如焦急得衝出車外，他們也可能會被後面的車子撞上。

你一言、我一語地談論剛剛的狀況時，大夥突然一陣沉默。其中一人脫口而出：

「不對，這裡是高速公路耶。」

按照常理，根本不可能有女人隻身在高速高路上亂竄。後方完全沒有來車，這一點也不太對勁。在那之前，一路都有深夜運輸的卡車。

另一個同伴也發出疑問：

「高速公路上會有計程車嗎？」

他們都看見空車的燈號，不禁面面相覷。

「一般都是有乘客，或者會亮回車庫的燈號吧。」

「況且，那個司機居然毫不在意地停車下來。」

這裡不是普通道路，而是高速公路啊。眾人啞口無言，負責駕駛的朋友呻吟似地補一句：

「仔細想想，那條隧道的上下行車道是分開的。」

大夥頓時愣住。的確，那條隧道中根本就沒有對向車道，只有兩條上行車道……

他們究竟碰上什麼情況？K的哥哥至今仍一頭霧水。

沙堆

這是I參加大學社團的夏季合宿時的遭遇。

說是合宿，其實也沒特別目的。只是社團裡志同道合的朋友一起去旅行玩樂的固定活動，沒什麼了不起。夏天大多前往海邊，游泳、做日光浴、打海灘排球、放煙火、舉辦深夜試膽大會等等，必玩的一項不漏。遺憾的是，社團成員都是男生，無法期待會有任何華麗的插曲。

這一年也是去海邊。抵達的隔日，大夥打算去游泳。不巧天氣不佳，有些涼意。I特別怕冷，游一會就受不了，便躺在沙灘上較爲溫暖的地方休息。旁邊的同伴開玩笑地將沙子堆到他身上。一開始，I還因爲溫暖感到高興，但大夥興致一來便毫無節制，堆到很誇張的地步，最後I根本擠不出笑容。雖然溫暖，卻實在太重。

「我不能呼吸了。」

I發出抱怨時已經太遲，他完全無法動彈。

「我真的不能呼吸了。」

無視於I的抗議，其他成員補上「F罩杯」和大肚子後，大笑著說「很暖和吧」便跑向海邊。

被丟下的I試著扭動身體，沙堆卻絲毫不見塌陷。由於太過沉重，他呼吸十分困難。這簡直像小孩子的惡作劇，I無奈地閉上雙眼。不知是幸或不幸，他睡眠不足。游泳後的疲乏，加上溫暖的沙子，他感到一陣倦意，只得委身睡魔。

——然後，他做了一個夢。

夢中的I一樣被埋在沙堆裡，無法動彈。他焦急地想破壞沙堆，耳畔卻傳來海浪沖上沙灘的唰唰聲響。水逐漸滲進腳底，他感到有點冷。

海浪聲很近，大概是漲潮。I想確認海浪來自何方，便試著轉動頭部。然而，除了身上的沙堆，及隨時會下雨的陰沉天空，什麼都看不見，他益發不安。

「喂！」I揚聲叫喊，但沙子沉沉壓在身上，發不出足夠的音量。周圍似乎也沒人，僅剩洶湧的海浪聲。

冰冷的海水又滲進沙堆，浸溼腰部。沒錯，海浪已來到腳邊。

吸收水分的沙子變得更重，不知爲何，還快速吞噬I的雙腿。他彷彿遭到鬼壓床般動彈不得，只能極力呼救：海浪來了，我不能動，快要淹死啦。

他叫得聲嘶力竭，連背部都溼透。

——救命！

大聲嚷嚷的同時，海浪越過身體，幾乎要打到他的臉上。忽然，他聽到有人在竊笑。

不知不覺間，周圍出現旁人的氣息。一群人強忍著笑聲。

別笑了，快救我！我真的快淹死了，會淹死的！

海浪打上I的肩頭，泡沫飛濺到只能苦苦望著天空的他臉上，弄溼頭髮。I用盡全力求救，卻只聽到冷冷的偷笑聲。

你們要笑著看我淹死嗎？

海浪打來，海水洗過他的耳朵——冰涼的觸感逼得他清醒。

睜眼一看，視野中只有陰沉的天空。雖然聽得見海浪聲，不過離他很遠。社團成員正在大聲喧鬧。

或許是承受著沙堆的重量，加上呼吸困難，才會做那種夢。真是的，I再度搖晃身體，沙堆仍文風不動。

感。

——不對，腳底下的沙子在蠢動。

與其說沙子在動，更像是有東西在沙裡移動。他的小腿肚傳來和沙子截然不同的觸感。

I不禁大叫：

「快來救我！有奇怪的東西！」

I拚命呼喊朋友的名字。怎麼啦？響起令他安心的話聲，好幾個人衝到他身旁。

沙裡有東西，I如此訴說。成員驚訝地圍過來，慌忙推倒沙堆。這段期間，和沙子觸感完全不同，滑溜的不明物體也在I的腳下蠢動。

快點、快點，I高喊著，待身體能夠活動，便撥開沙堆跳起。他踢開沙子，雙腳踹向空中。看見底下的白色東西，I倒抽口氣，成員也忍不住驚呼。

確實有一隻白色的手。

白色的手抓著虛空，消失在沙子裡。

已經不行了

這是N從在東京上大學的表哥口中聽來的故事。

表哥的住處附近有幢著名的鬼屋。這幢不光在當地有名，雜誌還專文報導過的建築物完全是廢墟，茂盛的藤蔓爬滿外牆，甚至掩蓋屋頂。怎麼看都非常老舊，而且似乎大有問題。

社團的聚餐上，N的表哥聽說深夜節目又介紹了那幢建築。時值夏天，深夜節目照例舉行試膽大會。雖然沒明講所在地，但看過節目的成員鼓譟，認爲肯定不會錯。於是，其中幾人提議去瞧瞧。N的表哥對這種事情沒興趣，便沒參加。最後，包含和表哥交情很好的學長在內，總共三人同行。

學長等人在某個社團成員的租屋集合，等到深夜，又加上一個聞風跑來湊熱鬧的傢伙，四人開車出發。

抵達後，只見建築物的門緊閉，上了大鎖。不過，部分圍牆是籬笆，年久失修，可輕易潛進庭院。

但進去一看，茂盛的夏草掩沒庭院各處，而且飽含露水，沾溼他們的腿。草叢中藏著庭石或垃圾，蓊鬱的庭樹之間結滿蜘蛛網，眾多蚊子盤旋在他們身邊。當下，穿短褲的學長不禁爲無聊的衝動冒險感到後悔。

穿過荒廢的庭院，出現一道落地窗。雖然外有遮雨板，不過很古舊，早已歪斜。他們硬將手伸入空隙用力推拉，拿下遮雨板，橫放到地面，發現內側貼著平安符。那張橫跨兩片遮雨板的平安符，隨著他們拿下板子破掉了。

感覺眞不舒服，學長暗想著踏進屋內。先是緣廊，然後是和室，只見榻榻米破損，變得軟趴趴。他們提心吊膽地想離開和室時，學長的腳突然陷下去。

學長踩破地板，雖然想趕緊抽出腳，卻遭腐爛的榻榻米纏住，無法如願。其餘三人好不容易把他拉出來，不料，大概是被割傷，一隻腳的膝蓋血流如注。這下糟糕，他們立刻決定離開。眾人急忙走出建築物，穿過籬笆，坐上車子。

「嚇死我了。」

「我還以爲你不見了。」

緊張感解除後，在回程的車上，所有人的情緒都很高昂——不，只有負責駕駛的朋友沉默不語。就算跟他搭話，他也心不在焉地回答，僵著臉不斷看著後照鏡拚命開車。學長和朋友覺得開太快，提醒他小心開車。「我知道、我知道。」他嘴裡說著，卻毫無減速的跡象，像是很在意後方的狀況，不停確認後照鏡。

究竟看到什麼？學長凝視後照鏡，卻沒發現任何異狀。明明已離家不遠，朋友的模樣還是很不對勁，頻繁地覷向後照鏡，完全沒參與談話。或許是心理作用，學長察覺朋友的臉色極差。仔細一瞧，朋友的肩膀異常用力，握著方向盤的手也很僵硬。

「你怎麼啦？」坐在副駕駛座上的學長詢問，就在這時候……

「對不起……我不行了！」

他突然大叫，轉動方向盤，撞上路旁的水泥圍牆。

學長一回神，發現自己摔出副駕駛座，滾進別人家的庭院，屋主驚訝地跑出來。撞壞水泥圍牆後，車子停住，兩個同伴腳步踉蹌走下。唯獨負責駕駛的朋友一直沒下車。

他當場死亡。

洗髮

F的祖母極為講究家教。這是F小時候在鄉下祖母家發生的事情。

F家每年都會返鄉過中元節。通常都是和雙親一起在中元假期回去，不過，忘記是什麼原因，那年只有F和哥哥提早前往祖母家。

祖母家住著同年齡的堂兄弟，F和附近的小孩也都認識，周圍的山是遊戲的寶庫。F雖然喜歡回祖母家，卻很害怕囉嗦的祖母。早晨一起床就要對佛壇雙手合十，吃飯時手肘不准往外彎等等，在很多小事上都可能挨罵。這年，祖母特別注意有沒有收拾掉落的頭髮。

F留著一頭長髮。或許是到了能自己洗澡的年紀，祖母總是叮囑她，洗完、梳完頭要好好收拾掉下的頭髮。「洗頭之後，一定要把掉落的頭髮撿起來，絕不能任水沖走。」

可是，這實在太麻煩。明明是自己的頭髮，掉下來後，為什麼會覺得髒？F不想摸掉落的頭髮，而且濡溼的髮絲會纏在手上很難丟掉。

由於內心抗拒，她經常忘記祖母的叮囑。大概都是洗完澡，才發現忘記撿頭髮，所以用熱水沖掉，湮滅證據。但是，就在某一天——

F在浴室洗頭。

祖母家的浴室位在建築物的角落。原本是和廁所一起的獨立建築，不過改建時加了一條連接主屋的走廊。因此，浴室離屋裡有人的其他地方很遠。窗外就是後山，除了洗澡發出的水聲，沒有任何聲響，非常寂寥。F覺得很恐怖，一直不喜歡祖母家的浴室。之所以討厭收拾掉落的頭髮，或許是不想在浴室久待的緣故。

當天，F也哆嗦著洗頭。山中夜氣鑽進窗戶，她冷得不得了，一心想趕快洗完，急急忙忙要沖掉洗髮精。

此時，彎著腰的F，眼角餘光注意到有東西掠過。仔細一瞧，在自己的身體和抬起的手臂之間，她看見某人的腳。

有人站在F的斜後方。那是一雙青黑色的孩童的腳，明明近在身旁，卻毫無氣息。

F立刻察覺，那是不能看的東西。她閉上眼大聲唱起歌，沖掉洗髮精後，逃也似地跳進浴缸，縮在角落。回頭一望，浴室裡沒有其他人。

一定是我多心了，F告訴自己。可是，每次洗澡就會出現怪東西。從彎下的身體空隙，或視野一隅，她會看見一雙青黑色的腳。有時，她還會聽見背後傳來微弱的唰唰聲。不知為何，她覺得是那東西在咬頭髮發出的聲響。

在F徹底討厭起浴室的某天，祖母叫住她。

「妳沒有好好把頭髮丟掉吧？」

浴室的排水孔完全堵塞了，祖母出聲斥責，然後帶她去浴室，要她清理乾淨。

在祖母的監視下，F不情願地清掃起排水孔。她按照祖母的吩咐，拿起銀色的排水孔蓋，纏在上面的長長髮絲無力地垂落。F取下頭髮，將手指伸入排水孔。摸了排水孔周圍一圈後，突然有東西抓住她的指尖。

F不禁尖叫，用力抽回指頭，哭著告訴祖母她的手莫名其妙被抓住，而且浴室裡有怪東西。

祖母一臉受不了地睨著F說：

「所以，我才要妳把頭髮撿起來丟掉啊。」

這屋子的浴室有怪東西，喜歡纏成一團的溼髮，不好好打掃就會出現。只要妳留心清除，它便不會再出來，祖母如此向F解釋。於是，她流著淚將排水孔清理乾淨。在那之後，F乖乖清理頭髮，怪東西眞的銷聲匿跡。

據說，祖母一家從以前就稱呼那東西爲「洗髮」。

腳步聲

這件事發生在U的大學時代。

某天，他在唱片行裡，偶然發現找尋已久的錄音帶。那是收錄當時小有名氣的藝人，講述擅長的怪談的錄音帶。U一直很想聽這些怪談。

擺在店頭的錄音帶有兩卷，其中一卷是被改編成漫畫的有名故事，另一卷是短篇故事的錦集。U剛拿到打工薪水，於是歡天喜地把兩卷都買下。

回到住處後，U特意等到夜深人靜時，才關掉電燈，聽起錄音帶。U充分享受恐怖的氣氛，非常滿足，也想推薦給朋友。隔天，他找到朋友，提議一起聽怪談。

物以類聚，朋友也愛好怪談，聽到U買到錄音帶，高興得不得了。晚上結束打工後，朋友便前往U住的公寓。

U特別準備蠟燭，歡迎朋友的到訪。在悶熱的室內，U點燃蠟燭，兩人一起聽第一卷錄音帶。朋友的想法和U一模一樣，「雖然是早就知道的故事，但實際這樣聽，還是很恐怖。」朋友顯得心滿意足。

對吧，U笑著附和，放起另一卷錄音帶。兩人緊張地聽到一半時，錄音帶突然自動回轉。

當然，他們沒按回轉鍵。「怎麼回事？」U還在納悶，錄音帶突然停止回轉，自動播放。

「剛剛是怎樣？」

他們疑惑地聽著前一刻播放過的段落，錄音帶又唐突地自動回轉。不久，再度自動播放，內容和剛才播放的相同。稍微聽了一些，便重新回轉，播放同樣的段落。U覺得很不舒服，按下停止鍵。不料，錄音帶沒停下，其他按鍵也沒作用。

如今回想，只要下定決心拔掉電源線就好了。然而，當時U並未想到這個方法，反倒和朋友一塊著迷地盯著錄音機，聆聽錄音帶發出的聲音。

錄音帶自動回轉，絲毫不差地在同個地方開始播放。那是某人借住鄉下民家，遇見孩童幽靈的怪談。當故事講到「孩童奔跑的腳步聲啪躂啪躂地在房間周圍響起」的段落時，錄音帶便會自動回轉。

重複十幾次後，這種情況突然停止。U慌張地拿出錄音帶檢查，沒任何異常。

「怎麼辦？」

聽U這麼一問，朋友表情僵硬地交互看著U和錄音帶。

「你問我怎麼辦，我也……」

雖然想繼續聽，但如果同樣的情況捲土重來，實在讓人受不了。

「首先，你不覺得有點恐怖嗎？」

朋友雖然心有疑慮，不過不曉得是否「想看恐怖東西的心理」發揮作用，還是選擇往下聽。這次順利地聽到最後。

「好像碰到很誇張的事情哪。」朋友感嘆完，便打道回府。臨走前，朋友笑著說：「回去的路上感覺有點毛。」

屋裡只剩自己時，U才後知後覺地思忖「剛剛到底是怎麼回事」。他愈想愈不對勁，於是將錄音帶放回盒子，塞到壁櫥裡的行李之間。

那天晚上，U鑽進被窩準備睡覺時，突然感受到一道視線。回頭望去，壁櫥門微微打開。難道是卡到行李，所以沒關緊？可是，U感覺有人透過那個空隙，注視著他。或許是錄音帶事件的關係，U認爲是一個「孩子」，從空隙中直瞅著他。U想關上門，手才放上門把，腦中突然浮現空隙中冒出一隻手抓住他的畫面，渾身動彈不得。

都是剛剛的怪事害的，我才會胡思亂想，U如此說服自己。然後，他將毛巾被拉到頭頂，強迫自己入睡。

隔天晚上，他在半夢半醒之間聽到腳步聲。有人在房內走來走去，果然是「孩子」。這個狀況持續數天，也可能是受錄音帶事件影響做的夢。總之，持續幾天就停止了。

過一陣子，U在大學碰到來聽錄音帶的朋友時，朋友對他發了頓脾氣。

錄音帶事件後的第三天，朋友造訪U的住處，按電鈴卻沒有回應。朋友以為U去打工，打算放棄回家時，聽到門的另一側有動靜，像是小跑步出來玄關。

原來剛剛是在睡覺啊，朋友等著門打開。可是腳步聲停在門後一會兒，不知為何又轉回房間。

「你該不會是裝不在家吧？」朋友顯然很生氣。可是，當天的那段時間，U真的在打工。門後的那個「誰」，絕不可能是U。

雖然U這麼解釋，朋友仍不肯相信，有陣子一直說「原來你也有無情的一面」。

在那之後，U也曾在返回住處時，聽到一次某人要出來的腳步聲。拿鑰匙準備開門之際，腳步聲從玄關傳出。U下定決心打開，卻沒瞧見半個人影。屋內也沒留下任何有人待過的痕跡。

從此以後，怪事便沒再發生。

廢棄醫院

G的住處一帶，有幾間肺結核病人的療養所，和收容傳染病患者的隔離醫院。如今那些醫院都已關閉，建築物本身也毀壞得差不多了。不過，觀光勝地白樺湖附近的山中，還留著一棟建築物。

某天，三名年輕男子投宿白樺湖畔的飯店。大老遠從東京開車來的他們，從白天在觀光地認識的同齡遊客口中，聽到那棟廢棄醫院的傳聞。

在高原認識的遊客告訴三人，雖然不知是哪一種醫院，不過已關閉許久。徹底荒廢的建築物內，原封不動地保留著當時的設備。雖然廢棄醫院中，經常可見遭擱置不管的醫療器材，但病房裡還有疑似患者的私人物品，實在不尋常。傳聞那裡有幽靈出現，只是沒人曉得實際狀況。因爲感覺是極稀罕的地方，他們眞的很想親眼瞧瞧，才特地從鄰鎭前來。可是，昨天找了一晚上，依然沒找到。白跑一趟，實在令人鬱悶，所以打算觀光一下再回去。

聽完這番話的三人，住進飯店當晚也出門尋找那棟廢棄醫院。關於醫院所在地的線索，只有「附近的山中」，實在不知該從何找起。因此，他們並不認為眞能找到，況且也不可能詢問飯店的櫃檯人員。與其說是試膽，更像出門兜風。

開車漫無目的地奔馳在飯店附近的山路上。三人猜想，白天碰到的遊客找不到醫院，或許是醫院不在路旁的緣故，於是發現小路就開進去看看。那些小路幾乎全是林道，進入樹林就中斷。在毫無路燈的漆黑山中，別說是住家，連個人影也沒有。只能依靠車頭燈前行的狀況，既詭異又愉快。

不曉得探查過第幾條小路，三人終於在深夜抵達那個地方。開上雜草掩埋的坡道盡頭時，路幅忽然變寬，出現一棟形同廢墟的古舊鋼筋水泥建築物。

鋪著砂礫的前院也覆蓋著雜草。輪胎壓過茂盛的雜草，三人將車停在建築物前方。草叢裡散落著垃圾，他們踩著垃圾前往玄關，發現門把上了大鎖，封鎖得十分嚴實。儘管如此，一樓的窗戶幾乎破了，可能是和他們一樣想試膽的人的傑作吧。他們打開手電筒，腦袋探進破窗，只見到處是探險者留下的塗鴉及垃圾。

他們繞著建築物，討論著要從窗戶進去，還是要尋找後門。此時，其中一人停下腳步，愣愣抬頭仰望。其餘兩人也駐足，跟著往上看頂樓——三樓的窗戶。一片黑暗中，僅能辨識得出白牆上，敞開著一扇漆黑的窗戶，裡頭有人。照理來說，應該看不見那裡有人，可是，人影卻隱約帶著白色，像是滲出黑暗般浮現。

「出現了……」

不知是誰在低喃，另一人的喉嚨立刻發出怪聲。他悄悄示意另一扇窗後也有白色人影。

三人緩緩後退，打算離開。忽然間，他們發現四周的窗戶都映出好幾個白色人影。佇立在窗邊的那些人影，一直注視著下方的他們。他們感覺被盯著不放。

一人轉身衝向車子，其餘兩人跟著往回跑，卻又僵在原地。停在玄關前，緊鄰建築物的車裡，坐滿白色人影。

畢竟是荒郊野外，不開車無法回飯店，當然也不可能逃往有人煙的地方。他們沒有選擇的餘地，不論車裡有什麼，都只能硬著頭皮坐進去。三人大喊一聲，閉眼衝上車，意外沒受到任何阻礙。只是車裡充滿薄薄的白色霧靄。

這什麼都不是，他們自我安慰著，發動車子，並將音響轉到最大聲，邊唱歌邊沿山路離開。愈往山下開，白色霧靄愈來愈稀疏，先是這裡的霧靄消失，接著是那裡的消失，就像是一個一個地下車。等到看得見城鎮的燈光時，車裡的霧靄已完全散去。

他們好不容易放下心，不料，抵達飯店的瞬間，一人便發起原因不明的高燒，昏了過去，被送往醫院。他們告訴櫃檯人員事情的經過，認爲是遭到作祟。不過，就算這麼說，其實也不能怎麼辦。於是，倒下的年輕人莫名其妙地在當地醫院療養好幾天——這是G從擔任櫃檯人員的父親口中聽來的故事。

還有一對

S的學校會在夏季舉辦「森林學校」活動，讓學生在近郊的湖畔露營。這是當時發生的事情。

三天兩夜活動的第二個晚上，也就是最後一晚，S和同學各自在帳篷裡睡覺。頭一晚即使深已深——不如說是接近黎明，大夥都還在不同的帳篷來來去去，聊個不停。不過，活動進行到第二天，畢竟會疲累，所以大夥比較早睡。

那天深夜，響起一聲尖叫，S頓時驚醒，和躺在旁邊的同學面面相覷。走出帳篷一看，其他同學聚集在相隔兩個帳篷之外的另一個帳篷，一名同學臉色發青。

那名同學說，她半夜醒來，發現躺在旁邊的朋友的臉消失不見。

露營的帳篷是兩人共用，朋友應該在她身旁。實際上，旁邊的毛巾被鼓鼓的，像是有人在睡覺，只不過該是臉的地方沒有臉。她困惑地掀起毛巾被，出現一雙腳，接著回望該是腳的方向，看到朋友的腦袋。根本沒事，朋友睡顛倒了。

剛要這麼認爲時，她發現不對勁。

毛巾被裡居然伸出兩雙腳。她嚇得尖叫，其中一雙腳便咻地消失無蹤。

其他同學聽到尖叫，圍聚過來。那個朋友被吵醒後，便一直處於驚嚇的狀態。

回去

Y在新加坡時，曾和日僑學校的朋友，七個人一起在放學後講怪談。她們在昏暗的教室裡，各自述說怪談。氣氛正熱烈，突然有人提議玩「天使」遊戲，也就是所謂的「狐狗狸」。

她們在報告用紙上寫好五十音，備妥硬幣。因爲人數太多不方便，便由其中三人代表將手指放在硬幣上，Y則在一旁看著。

三人認眞地呼喚後，硬幣稍稍移動。Y等人提出一些無聊的問題，硬幣給的答案則頗爲可疑，有的似乎很準，有的一看就是亂答。經過三十分鐘，Y感覺周圍漸漸變得陰冷。

聊著怪談和旁觀其他人玩狐狗狸時，Y有時會背脊一涼，甚至冒冷汗。此刻也是，而且兩種狀況都很嚴重。手臂到肩膀一帶接觸到冷得相當異常的空氣。

「妳不覺得這裡的溫度特別低嗎？」

聽Y這麼一提，朋友便摸了摸Y的手臂，驚訝地說：「好像有一團冷空氣。」其他朋友也紛紛試著觸摸，發現Y的手臂一帶，有個差不多人頭大小的不明物體。唯獨那裡有種濡溼冰冷的感覺。

「不妙，我們還是回去吧。」

不知是誰提議，於是她們對天使說「請回去」。接著，硬幣像是受到文字吸引般開始移動。

『回』『去』

通常確認「YES」三個字母移動就能結束。這樣算結束嗎？一個朋友難掩疑惑。另外一人認爲既然說了「回去」，應該可以結束吧。愼重起見，一個朋友又問一次：

「可以結束了吧？」

『回去』

「如果可以結束，請回答YES。」

『回去』

Y和朋友面面相覷，不論怎麼問、怎麼拜託，硬幣都只答『回去』。

手指放在硬幣上的朋友開口：

「既然這樣，請你回去。」

語畢，她便強制停止遊戲。

「一定回去了啦，沒事的。」

朋友這麼說，教室角落的電視突然發出「喀噠」聲，開關打開。畫面出現音量極大的雜訊，接著傳出響亮的「啪」一聲，畫面彷彿被螢幕吸入，瞬間變暗。螢幕完全變黑前，湧出喧鬧聲。

那似乎是一大群人在齊聲喊叫。Y聽見「道子」，朋友說聽到「媽媽」。總之，是很多人各自呼喊著某個人，然後像配合畫面轉黑，唰地遠去般消失。

Y和朋友急忙衝出教室。

之後，Y才聽說那所學校是鏟平日本人的墓地建成。

他們或許渴望回家，或許是不停呼喚著留在故鄉的某個人——Y不禁這麼想。

藝伎

K的家很老舊——然後，有幽靈。

家裡的窗戶絕不算少，但不知爲何，就是有種昏暗的感覺，室內到處都有陰暗的地方。有時會出現咻地掠過陰暗處的影子，有時會傳來微弱的女人低喃，但沒人聽得清內容。

通過走廊時，背後會響起腳步聲。沒人開過的紙門敞開。夜晚，會有偷偷啜泣聲。睡覺時，會莫名被搖醒。後來雖然漸漸習慣，不過K小時候很害怕。所以，還在上小學時，K都和母親一起睡。

某天晚上，K半夜突然醒來。她毫不在意地翻身時，發現一個藝伎打扮的女人緊靠床鋪佇立。她的側臉對著K，注視壁櫥附近的榻榻米。

K心想，她會不會下一瞬間就轉過來？會不會看到我？K恐懼不已，反射性大喊「討厭」，不加思索地踢向那女人。

那個藝伎似乎嚇一跳，連忙躲開了。

帳篷

這是N從朋友口中聽來的事情。朋友的同學中有個男生叫A，他暑假時和父親一起到山裡露營。

抵達露營場地後，兩人很快搭好帳篷。接著，父親打算用石頭搭灶台，吩咐A去樹林收集木柴。

雖說是露營場地，其實是森林裡一片溪流沿岸的寬闊土地。除了廁所，沒有任何像樣的設備。清洗物品可利用廁所旁的大流理台，但沒有共用的灶台。因此，若要煮飯，不是自備瓦斯爐，就是像A父子一樣，以手邊的石頭搭灶台，再收集木柴生火。這種水準的露營場地通常只有附近居民會使用，就算是露營季節也毫不擁擠。當天，A家的帳篷之外，只有稍遠處的另一個帳篷。A的父親很喜歡這種「剛剛好的寂寥」，所以不時會帶A來露營。

天空還算明亮時，A到樹林撿拾可生火的枯枝。他邊收集樹枝，順便物色看起來有獨角仙或鍬形蟲棲息的樹木。不經意瞥向一旁，發現附近樹叢中蹲著一個女人。原以爲那個女人在上廁所，A裝作沒瞧見，然而，等了許久她都毫無動靜。A猜想會不會是身體不舒服，或是介意他在場，忍不住望向女人。出乎預料，女人抬起頭，朝他露齒一笑，隨即如沉沒在樹叢的暗影中消失。A嚇得逃回營地，由於怕引來父親嘲笑，便沒告訴父親。

直到睡前，A仍想著這場令他不太舒服的遭遇，帳篷外忽然傳來摩擦聲。他驀地清醒，豎起耳朵。唰、唰，聽來像是某種纖細的東西撫摸著帳篷表面。起初，他以爲那是人的手掌。睜眼環視四周，沒有照明的帳篷內一片漆黑。連睡在身旁的父親都看不清楚，更別提知曉帳篷外的狀況。

對方似乎在尋找什麼，繞著帳篷行走，邊撫摸帳篷表面。不，凝神細聽，那也很像是柔軟的掃把之類的工具掃過帳篷表面。

A覺得有點恐怖，維持著平躺的姿勢推了推父親，但父親發出深沉的鼻息，沒要醒過來的樣子。因此，A試著佯裝入睡，想無視那個怪聲。然而，僅有一片薄薄的帳篷布區隔內外、一條毛巾被覆蓋身體，加上帳篷出入口在A近旁，且兩片垂下的布塊中間並未拉起拉鍊，根本毫無效用。

「唰……」像是掃帚掠過的聲響，依舊持續著。A無法待在靠不住的帳篷裡，乾脆起身，從入口的縫隙窺看，只見外面一片漆黑。他探出頭時，一張顛倒的女人臉孔垂下。

露齒一笑的女人，和白天在樹林中的女人容貌一模一樣。女人伸出雙手，抓住他的脖子，用力往上拉。A拚命想向睡在帳篷深處的父親求助，卻無法出聲，旋即失去意識。

A醒來時，身上蓋著毛巾被，躺在明亮的帳篷裡。A走出帳篷，詢問正生火準備早餐的父親：

「我好好地睡在帳篷裡嗎？」

是啊，父親詫異地回答。原來那是夢嗎？A暗自思索時，父親說：「其實我昨天做了個怪夢。」

父親似乎夢到A昨晚在帳篷外遇襲。然後，聽到唰地掃過帳篷表面的聲響，父親也瞬間驚醒——在夢裡。這是怎麼回事？父親還在納悶，A突然起身，乍看是要爬向帳篷入口，卻是被拖出帳篷外。

A的雙腿在父親眼前奮力掙扎。父親雖然想去搭救，卻動彈不得。帳篷入口的布簾捲起，看得見A被吊起來，兩條腿在半空中不停掙扎，可是父親一根手指都動不了。對不起，父親滿懷歉疚地失去意識。睜眼一瞧，A睡得正熟。原來是夢啊，父親鬆口氣，終於放心。

A一陣毛骨悚然，便告訴父親昨天偶遇的女人和昨晚的夢。雖然感到不可思議，不過父親只感嘆：「世上還眞有這種怪事。」原以爲父親會提議回家，沒想到父親按照預定待了三晚。不僅如此，之後就沒發生任何不尋常的狀況，撇開那個詭異的夢，是一趟非常愉快的露營。

露營結束，返家幾天後，A看到一則報導，寫著在他們露營的場地發現死亡許久的女屍，而死者是在較深處的樹林中上吊的。

熟人

K的父親在都內的高中擔任體育老師。父親屬於徹頭徹尾的體育型人格，說得好聽是豪放磊落，說得難聽是個性隨便，還很遲鈍。他是運動社團的顧問，每年夏季都會帶學生去合宿訓練。至於場地，都是使用學校位在千葉縣海邊的設施。

最近，父親剛結束合宿回來，卻不時露出困惑的神情。

「會有那種每年都出現在同一個地方的人嗎？」

K的父親說，如今回想，那人已連續出現七、八年。

每次合宿都是搭乘學校安排的巴士。由於目的地沒變，每年自然會經過同一條道路。雖然在都內走的路線有所差異，最後仍會銜接上通往合宿地點的同一條道路。

那是沿海的鄉間道路，一側是田地，另一側是綿延不斷的防風林，此外什麼都沒有。而在那條道路上，必定會出現目光緊隨巴士的人。

「周圍沒有住家，什麼都沒有喔。」

那裡不太會有人行經，和車子擦身而過的人屈指可數。然而，每年都有人會站在同一個地方，望著他們乘坐的巴士。

那是個五十多歲的男子。雖然認為是同一人，但父親並不很清楚記得對方的長相，無法肯定。感覺上，裝扮也都差不多，不過對方穿的是不起眼的襯衫和長褲，可能是偶然一致。總之，那人每年都會出現在同一地點。大熱天不戴帽子，下雨不撐傘，直挺挺地站在毫無遮擋的路邊。

「他雙臂筆直地緊貼身側，彷彿是對著巴士立正。」

好奇怪的人哪，父親納悶著，隨即想起去年也在同樣的地方看見同樣的人。

那個迎接巴士的人，會直立不動地目送著接近自己、超過自己，然後往前駛離的巴士——但是，僅僅如此。

「明明是走同一條路，回程時卻沒看到那個人。」

回到海裡

某年夏天，S和兩個社團朋友去海邊露營。說是露營，其實也只是在附近海邊搭帳篷住幾天。八月即將結束，他們不過是想趁新學期開始前，做一點暑假該做的事情罷了。只是這樣，離所謂的「野外生活」還差得遠。雖然備有可簡單料理的廚具，但他們嫌麻煩，索性騎自行車到附近的店家買便當。更誇張的是，有一天他們竟然去其中一人的家裡吃晚餐，甚至機靈地連澡都洗好，總之是極爲輕鬆的露營。

那應該是第三天，他們熬了一整夜，所以白天在帳篷裡睡午覺。終於醒來時，已接近傍晚。兩個朋友說要洗臉，便跑到海裡，尚未完全清醒的S單獨留在沙灘。S半睡半醒的坐在帳篷旁的長凳上，這是他們將漂流木放在岩石上搭成的。

——暑假也要結束了。

S茫然地沉溺於這樣的感慨。一會兒後，兩個朋友從海裡上來，吵吵鬧鬧回到沙灘，望向S時，倏地停下腳步。他們僵立在岸邊，神色古怪地盯著S——不，S的隔壁。

霎時，近距離傳來一股腥臭味，S發現有人坐在身邊。S的膝蓋旁是條藍色裙子，一雙白皙的手規規矩矩地擺在膝頭，往上是件白衣。

S戰戰兢兢地偷覷，一個約莫同年紀的女孩渾身溼透，像是剛從水裡上來，而且頭部有個很大的傷口，鮮血淋漓。

妳不要緊吧？S差點脫口而出，又硬生生吞回去。她的頭部側面有個很大的凹陷，甚至裂開。在這樣的狀況下，誰都無法保持冷靜。

啪嗒啪嗒，溼答答的裙子滴著水。她低著頭，垂落的髮絲也在滴水。濡溼的上衣貼著她的身體，肩膀部分滲出粉紅色。

女孩維持這種狀態，一動都不動地坐在S身邊，沒發出任何聲音，連呼吸也聽不見。

好安靜——簡直安靜過頭。

S悄悄離開長凳，鐵青著臉站在岸邊的兩人也悄悄走近帳篷。女孩依然動也不動。

他們慢慢和她拉開距離——接著，再也無法忍耐地逃進帳篷。三人緊靠彼此，簌簌發抖。一會之後，他們窺探帳篷外的情況。女孩仍好好地坐在長凳上，眺望逐漸褪去夏天顏色的大海。

三人靠在一起默默觀察著，女孩突然站起，彷彿有話要說，回頭環視變黑的海岸，接著轉過身。她看也不看S他們，靜靜走下沙灘，進到海裡。

安安靜靜地，白上衣在藍色波浪之間漸行漸遠，消失在海面下。

加入同伴

中學三年級時，T待在學校準備文化祭。暑假一結束就是文化祭。還沒收起玩心，大夥就進入文化祭的籌備階段，各項作業持續到晚上。校內瀰漫著浮躁的喧鬧氣氛。

待手邊的工作告一段落，T到走廊上吹夜風。靠在窗畔休息時，有人大聲呼喚她。仔細一瞧，中庭對面的校舍有三個男生，其中一人大喊T的名字，熱情地揮手。在他身旁的似乎是同班的Y和K。

「好丟臉喔。」T揮著手暗想。於是，那三人也一起揮手。逆光中，T看見其中一人——就是大喊她名字的男生，不斷往上跳的身影。

T感到很不好意思，便離開窗邊回到教室。不久，Y他們也回來了。「你們不要那樣大聲叫我啦，挺丟臉的。」聽T這麼一說，Y和K互看一眼，「我們沒叫妳。」兩人在走廊上遠遠看到T，不知爲何她滿臉笑容地揮手，「怎麼這麼興奮啊？」雖然覺得奇怪，他倆還是跟著揮手。

不對，的確有人叫我。雖然不是Y也不是K，不過另一個人的確叫我了，還高興得蹦蹦跳跳。

但是，仔細回想，T發現自己沒見過揮手的那個人。

而且——T當下才想到一點。

只有他穿著冬季制服。

紅衣女子

A是轉學生。逐漸熟悉新學校時，她受邀參加同學的生日派對。當天，她和轉校過來就交上的朋友R約好，一起前往壽星家。

由於是假日，派對從晚餐時間開始。A和朋友在車站碰面，一起走在夕陽逐漸西下的路上。同學家位在寧靜的住宅區，人車都很少。平整的道路視野良好，卻因暮色漸濃，景物顯得模糊不清，看不眞切。或許是這種氛圍的影響，她們不知不覺聊起怪談。

朋友告訴A一些學校和附近的怪談，A則講起之前的學校流傳的故事。經過公園時，A突然想起在前一所學校聽到的最後一個怪談，是一名紅衣女子在校內徘徊的故事。因爲校方規定要穿制服，那女子一身看似昂貴，強調身體曲線的火紅色洋裝，當然不是學生，也不會是教師或家長。總之，不時有某人，甚而某一群人，從窗戶或門口目擊不可能存在的女子通過放學後的校舍。A轉學後，不知那個怪談變成什麼樣了。

當時的記憶復甦，A向朋友娓娓道出，還沒講完，朋友回過頭，說是聽見有腳步聲衝過來。然而，暖風徐徐的路上，沒有其他人的蹤影。路燈已亮起，公園內空無一人。朋友解釋，不遠處傳來怒氣沖沖的一聲「喂」，又響起彷彿乘著風喀喀喀衝過來的腳步聲，她嚇一大跳，以爲發生什麼事情才會回頭。

A覺得有些詭異。曾有人提醒她，不能隨便談論紅衣女子。若是輕佻地提起，女子會生氣地現身，追逐對方。A當然還沒說到這個最重要的部分。於是，當下兩人內心都有點發毛，但也沒特別在意，到同學家後就忘得一乾二淨。

生日派對非常輕鬆愉快。七個人擠在朋友的房間。雖然很熱，但大夥開著愚蠢的玩笑，場面相當歡樂。後來大夥都笑累了，壽星便播放喜愛的CD。不曉得是第幾首，流洩出非常動人的抒情歌曲，大夥不禁靜靜側耳聆聽。此時，喇叭傳出微弱的女子怒吼聲。

剛剛是怎麼回事？眾人面面相覷。有人猜測，是那種會出現怪聲的歌嗎？壽星重新播放，怪聲卻沒再出現。A和朋友聯想到途中的遭遇，跟大夥分享後，氣氛變得有些不自在。不過，壽星幽默地打了圓場，最後派對便在一片歡快熱鬧中結束。

壽星站在玄關與大夥道別。外頭吹著涼爽的夜風。

在屋簷下互相道別之際，遠方又傳來女子的怒吼聲，眾人訝異地回頭。壽星家隔壁有道高聳的圍牆，一名穿紅洋裝的女子從陰影處冒出，踩著高跟鞋，伴隨響亮的腳步聲，氣勢洶洶地衝過壽星家門口。

沒人知道那是誰。據說，女子經過門口時，所有人都看見女子怨恨地瞪著她們。

偷窺

W就讀的學校，在郊外擁有用來合宿或是研修的設施，分新舊兩棟，傳聞舊的那一棟會出現女性的幽靈。她會從普通人根本碰不到的高處窗戶偷窺，所以那扇窗戶貼著平安符。

由於參加五天四夜的研修，W也去了那邊。不知會分配到哪一棟，班上同學都膽戰心驚。抵達後，男生分到舊棟，女生則是新棟。

眞是太好了，W和朋友暗暗慶幸著，入住新棟。雖然談不上全新，可是比起古老的舊棟，新棟還算乾淨。挑高的穿堂有個石頭搭建的小庭園，此外還有一座中庭，設計得頗爲用心。W和同學住的是雅緻的和室，家具和榻榻米都是全新的，給人明亮的感覺。

儘管如此，W仍有些在意窗戶，不過窗戶周圍並沒有像是平安符的東西。何況，凸窗的內側裝有紙門，只要關上，根本看不見窗戶。晚上拉起紙門，窗外的景象便不會映入眼簾。

W既安心，又有些遺憾，不禁感到好笑。其他同學似乎也是如此，說著「男生沒問題吧？」、「好可憐」，卻偷偷懷抱期待，口吻中流露羡慕。

在這種氣氛下，明明出發前才約定「禁止怪談」，第一天晚上大夥便管不住嘴巴。畢業旅行時撞見不明之物的故事不勝枚舉，也有許多談論怪談後，發生異常狀況的經驗。不過，班上女生一致同意：「研修設施的傳聞很誇張。」然而，一提及舊棟，話題就會自然地偏向怪談，比方「社團學長眞的在舊棟看過平安符」，或是「以前有人看過窗外的女人」等等。

W坐在牆邊的棉被上，抱著枕頭聽大夥交談。雖然喜歡恐怖電影，W卻很怕怪談。明明約好不講怪談的，W暗暗想著，仍不自主地受到吸引。

輪到坐在W面前的女生發言。她平常是老實、不起眼的人，出乎意料地非常會說話。即使是在別處聽過的故事，由她一講，氣氛完全不一樣。眞是意外的才能，W不禁讚歎。屏氣凝神地聆聽時，W突然覺得臉頰附近有東西在動。

W背對窗戶，內側紙門也關得緊緊的。可是，紙門上有不尋常的動靜，她原以爲是昆蟲之類的停在上頭。

某種圓形物體在紙門上蠢動，隨即像是被吸進紙門般消失，接著出現一個黑色的圓洞。

W狐疑地想，那裡原本有洞嗎？尋找平安符時，她也仔細檢查紙門。上頭貼著全新的白紙，沒有任何洞或是破掉的地方。該不會有人戳破紙門？她暗暗推測，斜線距離第一個洞的稍遠處又動了一下。好似有人從外面一戳，白紙鼓脹起來。

伴隨「噗」一聲，紙面脹破，凸出一個膚色的圓形物體。W頓時啞然，那是一根手指。

有人從外側戳破紙面，彷彿想擴大破洞，手指動個不停。可是，紙門後就是窗戶，而房間位在三樓，窗外沒有可供站立的地方。

不久，手指消失，只留下黑暗的破洞。W感受到窺探室內的視線——萬一對方發現她已察覺，可能會遭到報復。她連忙轉移目光，嚥下差點脫口的叫聲。其他同學一無所知，興高采烈地聊著怪談。W根本聽不下去，一逕在意著那兩個洞。紙門上噗噗地開了兩個有點距離的洞，W害怕對上另一頭的視線，不敢直視，也沒辦法置之不理，只能不斷偷瞄。

隔天，W她們遭到老師斥責。紙門上開了好幾個洞，老師認為是她們搗亂弄破的，但所有同學都生氣地否認：「不是我們弄的。」W沒說出昨晚看見的事情。她覺得紙門上那些洞十分恐怖，因爲紙眞的是由外往內捲起來的。

救命

兩年前的某天晚上，吃完飯，M和父母悠哉地一起看電視時，有人打電話來。母親一如往常地接聽，與對方交談幾句後，神情一變，掛掉電話時，臉色甚至發青。

「怎麼啦？」

M開口問，母親說她的高中同學遭到襲擊。

「不曉得怎麼回事，不過好像是被人刺傷。」

母親不清楚詳情，但對方似乎已送往醫院。接到通知後，雙親鐵青著臉出門。

父母留下M獨自看家。M想著，原來眞的會有這種事情啊。M認識母親的這個朋友。她是單身的女強人，也是性格開朗、充滿活力，非常明理的阿姨。而她受傷了——從父母的神色看來，顯然不是單純的受傷。想到這裡，她突然陷入恐懼。那位阿姨遇襲的事實，又加深她的恐懼。

M渾身發抖，於是不顧暑氣未消，連忙關上窗戶，緊緊拉起窗簾，調大電視的音量。十一點、十二點過去，父母還是沒回來，連一通電話也沒有。

無可奈何，M多次確認門窗已關好，便準備就寢。回到房間後，她開著電燈，將棉被拉到頭頂。雖然悶熱，但她害怕得不敢露出腦袋，翻來覆去睡不著。

突然，大門傳來拍打聲。聽來非常緊急，像是胡亂用力拍打。M從床上彈起，難道是爸媽回來了？情況很嚴重嗎？M的心情彷彿被掐住脖子，急忙跑向玄關。

她衝下樓梯，小跑步通過走廊，忽然注意到「爸媽明明帶著鑰匙出去……」，為什麼只顧著敲門，不進來家裡？

她頓時一陣不安，在玄關前停下腳步。窺探外面的狀況，傳來微弱的呻吟，似乎是女性的聲音。明知不可能，M還是詢問：「媽？」敲門聲戛然而止，M倒抽口氣。不久，激烈的敲門聲再度響起。

「救命！」

是女人的尖叫聲。有人一邊尖叫，一邊拍打大門。M不禁後退，卻直覺認為那是母親的朋友，也就是那個阿姨。

「救命！」

對方再次呼救，接著便安靜下來。M等了一會，沒任何聲響，也沒有人的氣息。她動彈不得，害怕得不敢往外看。儘管如此，也不能放著不管。她站在玄關前好一陣子，但連微弱的呼吸聲都沒聽見。她怎麼樣都提不起勇氣確認門外狀況，於是逃回自己的房間。

那天深夜，雙親終於回家。阿姨被送到醫院時就斷氣了，換句話說，母親接到通知衝出去時，阿姨已逝世。

隔天，M到玄關一看，沒發現任何異常。

之後，M聽說阿姨的弟弟在守靈夜上提到一件事。

意外發生的一星期前，阿姨晚上打電話給弟弟。她喊著弟弟的名字，尖叫：「救命！救命！」不等弟弟出聲詢問就掛斷。弟弟慌忙打去阿姨家，卻沒人接。他擔心得不得了，衝去阿姨家一看，她剛下班回家。

弟弟向阿姨解釋接到她求救的電話。

「我才沒打那種電話。」阿姨否認後，笑著說：「就算眞發生什麼狀況，也不會跟你這個靠不住的弟弟求救。」

據說，這是他們姊弟最後的對話。

三格

T是個電影剪接師。爲了剪接某部電影的預告，他待在電影公司的剪接室。工作到一半，他停下來休息。此時，他發現架子角落有一罐沒貼標籤的底片，不曉得是不是誰忘記帶走的。

他沒多想，打開一看，罐裡只有一小段底片，而且只有三格。

T想不透，怎會有人慎重其事地收著這種零碎的底片?他透過燈光，檢查底片的內容。第一格是穿水手服的少女，第二格也一樣，第三格依然是相同的位置、相同的水手服。

可是，少女沒有頭。

沒人知道那三格底片是誰留下，又是怎麼來的。

時間差的腳步聲

Y平常是從自家通學到短大，只要有第一節的課，就必須在早上五點半起床。那天早上起床後，她獨自下樓走到dining kitchen（更正確地說，是老式大廚房放著餐桌的地方），動手烤土司吃。

到了六點，頭頂傳來走動的聲響，大概是母親吧。Y的家很老舊，建築物本身雖然堅固，不過開關大門時總會發出雜音，踩著地板和樓梯也會發出嘎吱聲。

Y替母親煮好咖啡。踩得二樓走廊嘰嘰作響的腳步聲接近樓梯，母親下樓，穿過四張半榻榻米大、鋪著木地板的房間，出現在廚房，對她說聲：「早。」

Y吃著自己做的早餐，跟在準備正式早餐的母親閒聊一會兒。差不多該出門了，Y暗暗思忖。「得去叫他們起床。」母親抬頭看向時鐘，拿毛巾擦乾手。

母親經過Y的身邊，走向她背後的木地板房間，去叫父親和弟弟起床。不久，傳來熟悉的爬上二樓的腳步聲。

奇怪？Y狐疑地回頭一看，木地板房間空無一人。這也是當然的，母親已爬樓梯上到二樓的走廊。透過地板發出的聲響，可清楚知道母親走到哪裡。然而，她卻覺得沒聽見母親行經木地板房間的腳步聲。明明走下來時，一如往常傳出嘰嘰聲。

Y想著，剛剛確實聽到母親爬上樓梯的腳步聲。此刻，頭頂也傳來母親通過走廊的聲響。母親正前往二樓較深處的房間，待會兒就要叫醒父親吧。接著，她便聽見母親叫喚：「孩子的爸。」

Y沒意識到情況不尋常，茫然地思考著，聽見木地板房間響起腳步聲。二樓持續傳來母親叫父親起床的話聲。嘰、嘰、嘰的腳步聲橫越木地板房間，走向樓梯，然後停住。

Y頓時一愣。

那間房沒有任何人，地板不可能發出聲響。剛剛母親經過時很安靜，此刻卻傳出聲響。

雖然納悶，Y立刻就認爲是自己多心，拋諸腦後。她朝二樓喊「我要出門了」，提起背包，走出廚房。穿越木地板房間步向玄關時，她腳下的確嘰嘰作響。

之後，只要Y想起這件事情，就會發生同樣的狀況。因爲母親和弟弟也聽見了，所以不是Y多心。只有父親堅持是他們想太多，不肯承認眞有其事。不過，此一狀況仍舊持續著。

行經木地板房間時，偶爾會沒有腳步聲。不久，空無一人的木地板房間才會傳出腳步聲。

Y一家人將這個腳步聲，稱爲「時間差的腳步聲」。

狐狸的住處

S老家附近有座水壩。祖父那一代時，老家已在水壩底下。早在S出生前，老家就遭淹沒，搬往替代地點。

水壩鄰近的山中有一塊巨石。聽說，過去山腳有間神社，境內的石階通往那塊巨石。不過，神社也已沉到水壩底下。替代地點那邊蓋了新神社，巨石從此和神社分開，獨留在原處。石階變成延伸到水壩湖面，沒人能過去。不知何時，石階掩埋在草叢中，消失不見。

隨著年歲漸長，S心生懷疑，巨石會不會是神社的神體，或是內神殿（註一）？那麼，和神社分開妥當嗎？

——她詢問祖父，祖父回答「沒關係」。

那塊巨石上圍著注連繩（註二），應該屬於神社的一部分。只不過，就在政府決定興建水壩時，村裡有孩童失蹤。

註一：原文爲「奧の院」，指位置比本堂更裡面，用來安置神體或神像的建築物。

註二：用來區隔神聖之地和一般場所的繩子。

那孩童約莫六歲，原本在庭院玩，忽然消失蹤影，直到晚上都沒回來，引起一陣騷動。先是全村出動在附近尋找，隔天警察也來了。再隔天，雖然增派警員，仍找不到那個孩童。

孩童的家人悲傷得幾乎要發狂。一週後，雖然沒人說出口，但眾人都認爲孩童已喪命，否則不會遍尋不著。於是，搜索隊的規模也縮小。消防團成員想著，今天是最後一天了，入山一看，竟發現孩童倒在巨石後方。當然，他們已找過那個地方好幾次。

孩童有些消瘦，但沒受傷，也沒有任何異常之處。送到醫院診療後，很快就恢復元氣。

那孩童說，在庭院裡玩時，田邊小路上有隻狐狸招手叫他過去。他接近後，狐狸就往前走。他一停下腳步，狐狸便招手催促他，於是他連忙追過去。他就這樣被帶往神社，爬上石階，抵達巨石所在地。石頭後方待著三個孩子，他一直和他們玩耍。

孩童說不清究竟玩了哪些遊戲，又是如何度過那段時間，總之每天都很快樂，簡直像夢一樣。有時，狐狸會送來食物，似乎是供品。大夥會分著吃掉，量雖不夠，卻不覺得餓。

聽完這些話，村民對巨石的周邊進行搜索，在陰暗的角落發現狐狸和小狐狸的骨頭。據說，那些狐狸並沒有死去很久。

信仰斷絕、遭到棄置的寺院和神社成爲狐狸的住處。然而，政府卻決定興建水壩，將神社沉到水底。

「儘管成爲狐狸的住處，可是連狐狸都不能住了啊。」祖父深深感慨。

影子的手

Y記得這是上小學四、五年級時的事情。

當時，學校裡非常流行「狐狗狸」和怪談，所以討厭恐怖故事的Y很不喜歡上學。偏偏母親總是愉快地講著恐怖的故事。Y的母親自稱擁有「靈異體質」，據說外婆也是如此。以前，外婆曾在半夜碰到鬼壓床，睜開眼睛一看，床邊坐著一個白色影子。那個影子緊握拳頭，用力壓外婆的側腹。雖然早就習慣鬼壓床或看到怪東西，但被拳頭這樣壓著，外婆還是會感到疼痛、不舒服。事後回想，外婆覺得那個影子似乎是她去世的母親——Y的曾祖母。外婆無法理解，母親爲何要害她這麼難受，莫非是一種提醒？於是，外婆去醫院做檢查，發現長了動脈瘤，緊急手術拿掉後，身體便恢復健康。

繼承這樣的血統，Y的母親十分自滿。按母親的說法，鬼壓床之類的遭遇猶如家常便飯，預感之類的感應更是完全不缺。有時，母親會開心地告訴Y：「最近碰到超級恐怖的狀況，妳聽到一定會馬上哭出來。」不過，母親就是不肯透露什麼是「超級恐怖的狀況」，只會若無其事地報出地點，好比家裡的廚房或附近的公園。因此，不管去到哪裡，Y都會想起母親的話，而心生恐懼，非常困擾。

某天，母親突然叮囑Y：「妳房間的空氣不知爲何變得很沉重，要多注意。」接著，她又補上一句：「不過，妳既然繼承了我的血統，應該不要緊吧。」語畢，還莞爾一笑。

大概是受到母親這番警告的影響，兩、三天後，Y半夜突然醒來。因爲Y膽子很小，睡前習慣點一盞小燈，可是母親都會以浪費電爲由關掉。這天晚上，母親似乎也趁Y睡著後關燈，所以Y醒來時，房內一片漆黑。Y想看一眼枕邊的時鐘，身體卻動彈不得。鬼壓床了，她暗暗想著。

終於碰到鬼壓床，思及接下來可能遭遇更恐怖的狀況，她差點沒哭出來。或許能看到些什麼吧——她這樣想著，環視房間，只有某個方向隱隱發亮。Y房間的入口是一扇玻璃門，另一邊發出淡淡光芒。

玻璃門的另一邊是客廳。家人似乎都已入睡，安靜無聲，也沒有其他人的氣息，不應該會有人開燈。Y不曉得那淡淡的光芒從何而來，不像電視或電燈的光亮，更像是整個客廳籠罩在淡淡的光芒中。

她驚訝地看著，發現光芒中有影子在動，似乎是坐在玻璃門後。影子跪坐，抬起一隻手，顯然正做出握著杯子之類物品的動作。

Y用力閉上雙眼，在內心默念「消失吧、消失吧」，不知不覺地睡著。隔天再睜開眼睛時，已是早上。母親前來叫她起床，她提起昨晚的遭遇。述說的過程中，她察覺自己意外冷靜。比著「像這種形狀」時，實際上就是握著杯子的手勢，她突然領悟：「該不會是想喝水吧？」

Y告訴母親她的推測。「不知道呢。」母親不僅沒當眞，還說出「搞不好是要掐脖子」這種嚇人的話。

那天晚上，Y害怕著就寢時間的到來。萬一又看見，該怎麼辦？她暗自祈禱著，希望不要再撞見，準備上床睡覺。忽然間，她想到「或許它想喝水」，所以在枕邊放了個裝水的杯子，開著小燈鑽進被窩。

不料，她又在半夜醒來。小燈一樣被關掉，面向客廳的玻璃門另一邊，一樣出現影子，仍舊舉起一隻手。

「如果要水，在那邊。」

Y閉上雙眼，在心裡反覆低喃。一會兒後，她微微睜開雙眼，影子還是動也不動，坐在原地做著相同的動作。那個影子彷彿隨時會進到房裡——然後我就會被掐脖子，Y邊哭邊發抖。

隔天，母親來叫她起床，她立刻哭訴「它又出來了」。

「哎呀。」母親說著，看見枕邊的杯子。「妳放了水嗎？」

「對啊，可是沒用。」

唔，母親側頭思索後，開口：

「原來水不行嗎……既然妳這麼害怕，今晚就改放酒吧。」

她一派輕鬆地建議。於是，Y按照母親的吩咐，往杯子倒日本酒，當晚便沒發生任何怪事。她早上起來一看，杯中的酒少了一半。

禁忌

U就讀的中學後方，曾發生一起自殺案件。學校後面有一座防風林，住在近郊的一名男子在那座松林上吊。

U得知此事後，懷抱想窺知恐怖事物的心情，和同學去一探究竟。他們很快認出是哪一棵松樹，因爲樹根旁供著鮮花和罐裝啤酒。

就是這棵樹啊，他們抬頭一看，朋友忍不住驚呼。那是棵長得有些歪曲的大松樹，朋友指著樹幹。

樹幹上的刻痕似乎年代已久。那會是誰刻的？上頭以很大的字體，深深刻著：「絕對不要碰這棵樹。」

打掃時間的錄音帶

K以前上的小學，有個被稱爲「打掃時間的錄音帶」的怪談。不過，與其說是怪談，不如說是在K和同學之間非常有名的事件，就發生在K上五年級的時候。

K的小學習慣在打掃時間播放音樂。至於播放內容，是由廣播社社員自行挑選喜愛的音樂。換句話說，就是收集喜歡的音樂製作成錄音帶，在打掃時間播放。然而，社員只會在春天新學期剛開始，勤奮地製作新錄音帶。過了暑假，便重複播放同一卷錄音帶，最後不免會感到厭煩，所以偶爾也會播放歷代社員留下的錄音帶。廣播室裡，有個標記「打掃時間錄音帶」的箱子，裝著一些舊錄音帶。值班的社員會隨意從中挑選，不過錄音帶上幾乎都沒貼標籤，不播放便不曉得有哪些曲子。社員會淘汰年代久遠，或不適合在打掃時間播放的錄音帶。多到箱子裝不下時，他們會丟掉看起來較舊的錄音帶。經反覆淘汰，箱子裡始終維持大約二十卷錄音帶。

某天，輪到K在廣播社的朋友值班，K陪朋友前往廣播室。值班的人只需宣布「現在是打掃時間」，按下錄音帶的播放鍵即可，接著就是發呆等音樂結束。這段期間，聊天也無妨。六年級的社員負責廣播，K的朋友按下播放鍵。那天的錄音帶是三人從箱子裡隨便挑選的。

錄音帶傳出「嘰」的噪音，卻遲遲沒聽見音樂。「奇怪？」三人還在納悶，噪音之間隱約流洩旋律。K覺得很像飛碟的降落聲，應該是電子樂之類的吧。噪音逐漸變小，可清楚聽見怪異的音樂（？），及混雜其中的人聲。K形容是某人喃喃低語，不像是日文，而且毫無抑揚頓挫，隱含著一股怒氣。此外，周圍有很多啜泣聲。

三人不禁愣住，沒想到要按下停止鍵。喇叭不斷傳出微弱的噪音、彷若音樂的電子音，以及嚴厲的話聲與啜泣聲。「這是怎麼回事？」直到老師來廣播室關切，她們才連忙關掉。在老師的指示下，K的朋友慌張地更換新的錄音帶。不過，到廣播室詢問「剛剛怎麼啦？」的學生一時仍絡繹不絕。

會是某人的惡作劇嗎？還是如同老師的推測，是不小心錄到廣播節目或別的場面的錄音帶，莫名混進箱子裡？眞相至今不明。而那卷有問題的錄音帶，則交給六年級社員收到某處，後來就不見了。

玩偶

這是M小學三年級時的親身經歷。

祖母買了一個玩偶給M。那是有著圓滾滾黑眼睛的討喜熊玩偶，M非常高興，每天都抱著睡覺。不料，從那時起，她便開始做噩夢。醒來後，夢的內容忘得一乾二淨，只記得遭到恐怖的東西追趕。

某天，她順手抱著別的玩偶入睡，當晚就沒做噩夢。沒花多少時間，她便察覺只有抱著熊玩偶才會做噩夢。

那個熊玩偶沒有任何特殊之處，只是擺在百貨公司架上的普通玩偶。雖然是在祖母的推薦下買的，不過M也很喜歡熊玩偶又亮又圓的可愛眼睛，及帶著笑意的嘴巴。店員熟練地包裝好玩偶，綁上緞帶，方便M將玩偶帶回家——然而，唯獨抱著熊玩偶睡覺時，會做非常恐怖的噩夢。

M心生害怕，於是把熊玩偶擱在隔壁房間。那是四張半榻榻米大的儲藏室，其中收著M的玩具。除了收納玩具的箱子，還有擺放書籍等雜物的架子。M會將別人送的，但已不玩的玩偶或洋娃娃，放到專用的架子。M也將那隻熊擺上去。

幾天後，M因爲有事，打開儲藏室的紙門。她不加思索，「唰」地一開，恰恰看到熊玩偶的正面。當時，熊的手似乎動了一下。

從此以後，一定要母親陪同，她才敢踏入儲藏室。

過一段時日，M漸漸遺忘那隻熊。母親將不用的物品接二連三地放進儲藏室，久而久之便堆滿雜物。

——不料，升上五年級後，M經常遭遇鬼壓床。當時，她沒辦法在全黑的房間睡覺，一定要點一盞小燈。

某天晚上，她突然醒來，發現全身動彈不得，根本出不了聲。她勉強閉眼，試圖入睡，卻又馬上醒來。不過，鬼壓床的狀態已解除。她鬆一口氣，翻個身，赫然發現熊玩偶坐在床邊的椅子上，直瞅著她。在暗紅燈光下，那對黑眼珠彷彿在發光。

M怕得將棉被拉到頭頂，硬逼自己睡著。隔天早上，她睜開眼時嚇一跳，那隻熊還在椅子上。

「咦？」來叫M起床的母親注意到熊玩偶，「這是怎麼回事？」

「我不知道。是媽媽拿來的嗎？」

不是我，母親否認後，反問：

「妳有這隻玩偶啊？」

接著，母親又說：

「看起來有點不舒服。」

M沉默地望著玩偶。實際上，那玩偶眞的有點奇怪。原本亮褐色的毛變得暗沉，圓滾滾的討喜雙眼帶著一種駭人的豔麗，加上被絨毛蓋住，好似在瞪著M。而且嘴角歪曲，露出不知是恫嚇，還是嘲笑的表情。

變化會如此巨大，或許是放在儲藏室太久的關係。可是，M認爲以前的熊玩偶，雙眼絕對沒這麼嚇人。

M把熊玩偶塞進空箱，拿膠帶捆上好幾圈，放到儲藏室的裡面——壁櫥深處收好。

不過，每當她忘記熊的存在時，就會碰到鬼壓床。隔天早上醒來，便會發現捆著膠帶的箱子落在床邊。她只能立刻收妥箱子，絕不打開。

大概五隻

Y家裡養的貓，數量據說是「大概五隻」。

最早發現這一點的，是Y的父親。

「我怎麼覺得，貓的數量好像對不上？」

經常能在Y家看見貓，包括撿到的、別人送的、家裡的貓生的。然而，貓會死掉、送人，甚至行蹤不明，所以數量不太一定。目前是四隻，分別爲黑白紋夾雜的花貓、虎斑貓，及看似虎斑貓的兩隻三毛貓。最老的是花貓，已飼養超過十年，最小的是兩歲的虎斑貓。Y家在鄉下，貓兒會自由地在外頭活動。由於當地的習慣，白天住家的門窗全敞開著，自然會有野貓進來。因此，數目不合也不算怪事。

「大概是又有野貓混進來了吧。」

Y笑著回應，但父親歪著頭疑惑道：

「可是，我沒看見不是我們家的貓啊。」

根據父親的說法，他有時會看見三隻貓縮成一團在這個房間睡覺。他心想，睡得真熟哪。走到別的房間，發現兩隻貓靠在一起睡覺。他再次想著，睡得真舒服呢，卻突然發現貓的數目根本不合。靠在一起睡的是花貓和虎斑。回去先前的房間一瞧，兩隻三毛貓縮成一團，但是，剛剛有不同花色的貓混在一塊。至少不是黑貓、白貓或褐貓之類，家裡沒有的花色的貓。

「可能是長得很像的貓吧，趁爸爸不在的時候跑出去了。」

是嗎？父親還是無法釋懷，不過，Y覺得應該是和家裡的貓毛色接近的野貓混進來。有些野貓會在進屋後，自然而然留在家裡。果真如此，就得準備那孩子的貓食，也得替牠想個名字。之後，Y便留意著有沒有野貓混進來。

仔細留心後，Y才發現數目的確不合。這裡一隻，那裡兩隻，另一個地方卻也有兩隻。而且不論哪一隻，看上去都像是家裡的貓，沒有任何陌生的貓。僅僅是這樣，還能當成混進來的貓花色和家裡的貓非常接近，然而，Y卻覺得多的這隻貓花色不太一樣。有時是多一隻三毛，有時是多一隻花貓或虎斑。

全家都注意到，並非單純地多了一隻貓。

比如，Y坐在沙發上看電視，身邊並排著兩隻睡著的貓。沙發後方傳來貓逗弄玩具的鈴鐺聲。是誰在玩呢？Y想著，兩隻貓從眼前的門口進來。

那麼在玩的是……？

回過頭，不見貓的蹤影，只有繫著鈴鐺的玩具在轉動。

此外，也發生過聽見喀喀喀地吃著貓食的聲響，但四隻貓都在其他地方的情況。全家重新回想一番後，認爲以前就曾發生類似的事情。只不過，直到父親說出「數目不合」，大夥才察覺而已。究竟是何時開始的——思考一會後，大家仍無法確定。

某天，Y在客廳看電視，隔壁和室的紙門傳出抓扒聲。家裡的三隻貓都能靈巧地打開紙門，唯獨虎斑沒辦法。牠經常不小心被關在裡頭，藉由抓扒紙門提醒大夥幫忙開門。

「又被關進去啦。」

Y說著站起身，家人都面露驚訝，望向客廳角落。四隻貓靠著以紙箱手工製作的「貓塔」，睡得正熟。

Y打開和室紙門，卻不見貓的蹤影。全家在和室裡滴水不漏地找過一次，完完全全沒有任何貓的痕跡。

所有人像被狐狸騙了般愣在當場。之後，這個現象也理所當然地持續著。

「所以，我們家養的貓『大概有五隻』吧。」Y笑道。

繼續玩吧

至今，N仍清楚記得小學二年級時，碰到一件非常恐怖的事情。雖然不是看到幽靈那類的經驗。

某天，N和附近的孩子，大約七、八人在墓園玩耍。N居住的地方是山間的村落，在距離村落有段路程的神社後面有一座墓園，當然不能去玩耍。如果被大人發現，就會受到斥責，說是「會遭天譴」，所以他們平常都在神社境內玩耍，幾乎不曾到過墓園。不知爲何，那天卻到墓園去玩了。

墓園周圍沒有任何田地，隨時可能會有人來。爲了避免大人發現，他們壓低音量玩捉迷藏。這樣瞞著旁人耳目玩耍，別有樂趣。雖然有同伴冒出一句「做這種事情會遭到作祟喔」，卻笑得很開心，大概是講好玩的吧。動不動就把「天譴」或「作祟」之類的話掛在嘴邊，也很有趣。

過了一會，小N一歲的男孩摔倒，小腿擦傷，鮮血淋漓，哭著回家了。再過一會兒，高年級的女生撞倒小墓碑，倒下的墓碑砸到腳，足踝立刻淤血腫起來。於是，她說「我要回家」，跛著腳離開。

繼續玩了一陣子後，換別的女孩受傷，不久後，又有一人受傷。N不記得兩人受傷的詳細狀況，總之是某處割傷、扭到腳腫起來，所以都回去了。

不曉得從何時起，就聽不到「會作祟喔」的胡鬧聲，連笑聲都消失。大夥神情認眞，彷彿在盡義務般玩著捉迷藏。

年紀最大的T受傷回家後，他們才發現天色已暗，西下的夕陽更加深恐懼感。留在墓園的只有N、同學K，及大她們一歲的M。秋風唰唰地吹動草叢。

其實，N早就想提議「回家吧」，卻怎麼都說不出口，或許其他同伴也是如此。目送著T的背影，每個人都像在忍耐般沉默著。

終於看不見T的身影。明明能以此爲契機，說出「回家吧」，卻沒人吭聲。反倒是某個人冒出一句：「那就繼續吧。」

如今回想，到底要「繼續」什麼？大夥彷彿有種默契，不能沒受傷就回家，也不能假裝受傷。

她們緊張地玩著毫無樂趣的捉迷藏。忽然，M被墓碑絆倒，雖然膝蓋的肉刮掉一大塊，她卻向其餘兩人展示傷口，莫名開朗地說「那我回去嘍」，轉身回家。墓園中只剩N和K。

僅僅兩人的捉迷藏持續著。N總覺得留到最後的會是自己，不禁想著：那樣會發生什麼事？當她打算抓住K時，失去重心，往前撲倒裝著花的牛奶瓶，遭碎片割傷。她的手似乎被狠狠劃一道，低頭一看，血滴滴答答流下。

「我的手割傷了。」N鬆口氣，向眼淚快掉下來、恨恨瞪著她的K露出傷口。「妳瞧，在流血。」K癟著嘴，「嗯」了一聲。

「我要回去了。」N繼續道，K仍泫然欲泣地瞪著她。不知爲何，N無法說出「一起回去吧」，K也沒表示：「我要跟妳回去。」

當晚，N害怕地不斷揣想K之後的情況，擔心再也見不到K。所以，隔天在上學路隊中看到K時，她鬆一大口氣。

「誰是最後一個？」其他孩子問，N回答：「是K。」於是，沒人再多說，也沒人向K打聽詳情。K始終保持沉默，此後，有段時間她都不跟任何人交談。

雨衣

這是I在中學二年級時的遭遇。

第二學期的期中考前，學校縮短班會時間，社團活動也暫停。總是因爲社團活動，而在太陽下山後才回家的I，在天色還亮的時候就離開學校。不過，當日綿綿細雨不斷。陰沉的毛毛雨滴答落下，天空陰暗得近乎憂鬱，I想到步步逼近的考試，不禁心情低落。

再不加油，爸媽就會禁止I繼續參加社團。母親嘮叨著她上二年級後，成績逐漸退步，要她退出社團。如果又退步，搞不好眞的會被強迫退出。I一點都不想退出社團，以同一隻手拿著雨傘和英語單字卡，邊走邊喃喃背單字。

背完一個單字，她辛苦地將書包夾在腋下，翻開下一張單字卡。此時，她腳邊傳來喀鏘一聲，低頭一看，倒著一個插有白、黃雛菊的玻璃瓶。

I嚇一跳，瓶子周圍放著濡溼的糖果和玩偶。那個位置緊鄰面對大馬路的十字路口電線桿，這些東西就放在電線桿旁的護欄內側。討厭，有人在此發生車禍，I暗暗想著。從擺著糖果和玩偶來看，死者肯定是個小女孩。她踢翻的是悼念小女孩的花朵。

I覺得做了壞事，不自主地確認四周的狀況，擔心有人發現會斥責她。不過，周圍雖然有人，卻誰也沒注意到她。I慌張地蹲下，重新立起瓶子，插好花朵。瓶裡的水流出來，應該沒關係吧。I再次環視四周，十字路口附近沒有能取水的地方。雨水會落在瓶裡吧，她仰望天空，只能這樣了。「對不起。」她雙手合十後，匆匆離開。

I把單字卡收到口袋，快步踏上歸途。轉過大馬路，走進一條小路。彎過街角時，她差點撞到人，好不容易止住腳步，發現對方是個穿黃色雨衣的孩童。孩童沒撐傘，雨衣的帽子深深壓至眼睛，獨自站在路上。

I立刻道歉，孩童沒回應，也沒抬起頭。起碼說聲「對不起」吧，I在心裡咕噥，避開孩童走過去。有人似乎在叫「大姊姊」，她回過頭。孩童的背影依然佇立街角，一動都不動。不可能吧，大概是聽錯。她邁開步伐，又聽到一聲「大姊姊」，彷彿就從她的身後傳來。

她驚訝地停下腳步，身後沒有任何人。只有那個穿黃色雨衣的孩童，靜靜站在和她有段距離的街角。

I的內心突然湧起一股厭惡感。灰暗的細雨、沉甸甸的陰鬱天空、那個穿雨衣的孩童，還有，她發現孩童的雨衣底下是裙子，所以是個女孩。她想起剛剛踢倒的花，供奉在花朵周圍的東西，全是幼稚園到小學低年級的女孩會喜歡的。

——怎麼可能？

I不願這麼想，卻陷入難以言喻的不安，不禁加快腳步。走了一會兒，她經過設有紅綠燈的十字路口。拐過街角時，回頭一看，一個孤單的黃色雨衣小影子佇立在遠處的街角。

還不到太陽下山的時刻，不過，或許是厚重雨雲的關係，周圍慢慢變暗。I在逐漸變大的雨中快步走著，一會兒後，轉頭望去，差點沒尖叫。

I看見黃色雨衣獨自待在遠處的街角。那個孩童文風不動，站在剛剛I拐過的街角。

I加緊腳步，總之趕緊回家。轉過下一個街角，回頭一看，那黃色雨衣站在距離她身後很遠的地方，沒有移動的跡象。每次瞧見，都是站著的模樣。

I急忙拐過街角。她陷入恐懼，覷著身後小跑步起來，彎進平常不會行經的街角。

雖然是不曾涉足的住宅區街道，但她知道方向。她快步前行，想盡快回到平常的路線。然而，轉過街角，她回頭望去，黃色雨衣仍出現在遠處的街角。

於是，她拚命向前走，拚命加速拐過街角。可是，只要一回頭，就會發現黃色雨衣佇立在後方的街角。她爬上坡道，抵達坡道頂點後回過頭，不見那孩童的身影。不料，下了坡道再回頭，就看到黃色身影站在坡道上。

她不顧一切地衝進最近的一條路。爲了甩開那個孩童，她隨便轉過幾個街角，已搞不清走到哪裡。確認後方沒有那孩童的身影，她又拐過好幾個街角。彎過最後一個街角時，眼前是一條兩側砌著圍牆的長長道路。她在勉強可供會車的狹路上狂奔，卻赫然一驚。

兩側已無圍牆，盡頭是平交道，也設有柵欄。當I奔至平交道前，警鈴開始閃爍——但是，沒發出鈴聲。

I停下腳步，回頭一瞧，狹路的角落出現黃色雨衣的身影。她焦急地仰望警鈴，紅燈閃爍著，但依舊無聲。柵欄也沒有要降下的跡象。她從圍牆旁探出頭，確認鐵軌上的情形，一條沒有電車，另一條則是彎道，遭沿著鐵路築起的圍牆擋住，看不見更前方的狀況。

警鈴閃爍，柵欄沒放下，到底該相信哪一邊？

回頭望去，黃色雨衣已逼近路中央，動也不動地站在沒有人煙的狹路另一端。

——如果被追上，會發生什麼事情？

I怕得想往前衝，可是看到閃爍的紅燈，怎樣都踏不出去。她不禁蹲下，抓住支撐柵欄的竿子，喃喃說著：「對不起、對不起。」

轟隆巨響傳來，I回過神，電車恰恰通過眼前。直到剛才爲止都沒聽見的警鈴聲尖銳作響，柵欄還是沒放下。

I戰戰兢兢地轉過頭，路上已無人影。隨著「哐」的怪聲，柵欄震動一下，警鈴停止。

周圍下著陰鬱的冷雨。

I慌慌張張地穿越平交道。

警報

某天深夜，O突然醒來。她不記得原因，總之是睜開了雙眸，但也不是完全清醒。她茫然地閉眼躺著不動時，彷彿聽到有人在低語。

她這才眞正醒來。一開始，她以爲有人小聲對自己說話。當時她想著，爸爸這麼晚有什麼事？大概覺得那是男人的嗓音。

黑暗中，O睜眼環視，沒有其他人，以爲是父母在走廊上交談。O的房間是和室，與走廊只隔著一扇單邊開的紙門，能清楚聽見走廊上的聲響。她心想，這麼晚他們在談什麼？但往紙門望去，並未透進光亮。父母在走廊上講話時應該不會不開燈，也不可能是從他們房間傳來的。父母的房間在一樓，由她房間的位置看來，是在建築物另一邊。至今爲止，她不曾聽見那邊傳來話聲。隔壁是哥哥的房間，但這不是哥哥的嗓音。他去很遠的地方念大學，租房在外。二樓只有她一個人。

當她默默思考時，低低的話聲仍舊持續著。莫非是一樓客廳的聲音透過地板傳過來？這麼一想，話聲感覺很遙遠，而且很像是新聞主播的語調。客廳的電視開著嗎？是節目的聲音傳過來嗎？

O非常在意，那話聲帶著緊張——或者該說是十分緊急的感覺，彷彿拚命在傾訴，令人無法忽視。她試著將耳朵貼到枕頭上，音量沒有變化，又輕輕抬頭，窺望周遭的狀況。果然不可能源自一樓，但也不是二樓某處。O實在無法判斷聲音是從哪裡傳出的。扣掉那個話聲，家中安靜得不可思議。她家位在山中的村落，入夜就不會有車聲，甚至連人的氣息也沒有。即使如此，因爲周圍有山、有樹林，其中有著昆蟲和鳥類。雖然夜晚安靜得嚇人，也從未這般無聲無息。

情況不對勁——O豎起耳朵，持續不斷的低語應該是男人的，而且是單獨一個人在說話，像是主播在播報新聞或氣象。是某戶人家開了收音機嗎？至少得聽出在說什麼，O屏氣凝神。

她似乎聽見「遮雨窗」這個字眼。

必須關上……遮雨窗。

趕快關上遮雨窗。

口氣雖然急迫，卻毫無抑揚頓挫，非常平板。從遠處傳來，斷斷續續，猶如被某種厚重的東西隔絕似地模糊不清。

遮雨窗。

趕快關上、遮雨窗。

……要是不關上……遮雨窗。

仔細一聽，那個聲音只重複這些話。

關上、遮雨窗、不關上。

她忽然在意起遮雨窗，平時幾乎沒關過最外側的遮雨窗，這天也是開著。所以，房間雖暗，但並非徹底的黑暗。

O從床上起身，走近窗邊。拉開窗簾，打開窗戶，窗外是一如往常的夜景。蛇行般經過家門前的狹窄道路，電線桿、路燈，亮晃晃的月光照在田園和山野。不可思議的是，窗外也沒任何聲響，連理所當然的蟲鳴都沒有。她十分不安，迅速拉出遮雨窗關上。接著關上窗戶、鎖好，再拉起窗簾，聲音頓時停止。徹底的寂靜令她有些不安，又奇怪地感到鬆口氣。

她終於放下心，重新躺回床上。濃濃的睡意立刻來訪——突然，「碰」一聲，她立刻驚醒。

那顯然是從窗外傳來的，敲打鋁製遮雨窗的聲響。一開始還不是很用力，不久就變成不耐煩地敲打。

咚！以拳頭捶打遮雨窗的聲響。唰唰，彷彿撫摸遮雨窗表面的聲響，好似在找尋可攀附處的抓扒聲。憤怒拍打遮雨窗的聲響。

O當然無法入睡，渾身僵硬地傾聽遮雨窗發出的聲響。她說，那道聲響持續兩小時後，終於消失。

黑貓

I的祖母和別人要了隻黑貓來養。之後，黑貓立刻生了小貓，還是小學生的表弟去看剛出生的小貓。沒想到一靠近，黑貓就又抓又咬，咬他二十幾口，抓傷十幾個地方，害得他嚎啕大哭。由於傷口都不深，祖母幫表弟消毒傷口，擦上防止化膿的藥，就讓他回家。

「不過，那孩子會虐待貓狗，大概是想欺負小貓，遭到報復吧。」

隔天，前來I家的祖母這麼說道。那個表弟的確喜歡虐待動物，聽到此事的I也認爲，他不是「去看小貓」，而是「去虐待小貓」。

那隻黑貓原本是祖母的朋友飼養的，不過養沒多久，那家的媳婦身體就變得很差，不停進出醫院。那位老太太是相信宗教和靈異的人，覺得媳婦健康突然惡化不對勁，便去拜訪某通靈人士。對方告訴她，家裡養的貓被附身，只要留著牠，就會不斷發生壞事。棘手的是，如果送去收容所或丟掉，會遭到作祟；若要找新飼主，人家知道內情，會以「不吉利」爲由拒絕。I的祖母聽到朋友的煩惱，決定接手收養。祖母完全不在意這類事情。

「那是怎樣的貓？」聽I這麼一問，祖母笑答「只是普通的黑貓」，又補上一句：

「不過，牠聽得懂人話。」

祖母舉出的證據是，看到牠的人說「我不喜歡這隻貓」，牠會立刻豎起全身的毛。相反地，假如是說「好可愛的貓」，牠就會叼來還在喝奶的小貓，頂著那人的膝蓋，彷彿在表示「給你瞧瞧沒關係」。

過幾天，I去祖母家看那隻黑貓。如同祖母的描述，是隻十分普通的黑貓。若是盯著牠，牠也會直瞅著她，然後極爲冷淡地望向別處。I覺得腦中的「不吉利的貓」、「聽得懂人話，教人不舒服的貓」的想法都被看穿了。

然而，I也認爲，或許不是聽得懂人話，其實是能察覺人類的情緒吧。因爲被貓抓傷的表弟，堅持自己什麼都沒做。不談表弟眞正的意圖究竟是「去看小貓」還是「去虐待小貓」，總之表弟根本來不及動手，僅僅探頭瞄一眼黑貓待的地方，牠就突然跳上來。那隻貓眞的是壞貓，祖母一定會被作祟，會生病死掉的，I的表弟拚命如此主張。

水塔

G住在歷史悠久的大社區，在廣闊的社區角落有座水泥建造的水塔。這座水塔很早落成，泛黑的水泥上滿是裂痕。雖然社區方面修補過，但因顏色不同，那些裂痕彷彿是在水塔上爬行的蚯蚓之類的生物。

柵欄圍繞的周邊空地，以前似乎是公園，不知何時起，不再有人出入，遊樂器材逐漸生鏽老舊。周遭雜草叢生，不曉得從哪裡飛來的種子發芽，長成得抬頭仰望的大樹。

——總而言之，那是個寂寥，令人不自在的地方。旁邊有一條通往大型超市的捷徑，常有人行經。不過，遭棄置的昔日公園空地，從未出現人影，大概是受水塔的奇怪傳聞影響。

據說夕暮時分，或者陰天，可看見一個站在水塔頂端的人影。有人說，那人影不曉得是在發抖，還是輕輕晃動身體。

雖然沒有發生案件或意外的傳聞，奇怪的是，不論誰經過，都會主動背對水塔——

就是這樣的地方。

某天傍晚，G家隔壁的主婦走過水塔旁，聽見乘著風從空地傳來，像是孩童的細微哭聲。她停下腳步，環顧昏暗的空地。

她經常叮嚀自己的小孩，不要在空地玩。並非在意那些傳聞，而是覺得生鏽老舊的遊樂器材很危險。社區自治會也說那塊空地「很危險」，不過沒進一步解釋。不清楚爲何會有這種說法，總之，她認爲空地不安全，所以聽到孩童哭聲時，直覺就是有人受傷。

她透過樹叢和與人同高的雜草縫隙望向空地，但平日在意的遊樂器材旁不見任何人影。空地周圍雖有低矮的柵欄，不過沒有門。她從入口走進空地，更加仔細地尋找聲源處，發現哭聲似乎來自水塔下方。

只有水塔正下方豎著高高的柵欄，入口上了鎖，沒人能進去。但探頭一看，柵欄裡傳出孩童的哭聲。非常微弱，好像很傷心。靠近一瞧，有個小女孩蹲在水塔的腳下。

她不禁納悶，那小女孩是怎麼進去的？這才發現，柵欄的門開著。「怎麼啦？」她出聲詢問，走進柵欄。約莫是夕陽已下山，吹起冷風。女孩掩著臉哭訴「裙子被夾住了」。

沒受傷就好。她鬆口氣，走近女孩。

「沒關係，阿姨現在就來幫妳。」

她安慰著女孩，伸出手，卻發現坐在地上的女孩裙子夾在巨大水塔的腳下。女孩的裙子緊緊夾在粗大的水泥水塔腳，和水泥底座之間——簡直像水塔坐在女孩裙子上，也像是裙襬被糊進水塔。

怎麼可能？她驚訝地拉扯女孩的裙子，可是裙子宛如遭緊緊咬住般，動也不動。究竟怎麼回事？她想問女孩，卻開不了口。發出微弱哭聲的女孩一次都沒抬起頭，根本不看她。

這女孩不對勁，她暗暗想著，不再用力。她鬆開裙子，身體因反作用力搖搖晃晃，仍立刻逃離。

然而，返家後她還是擔心，萬一那是意外可不妙，所以拜託G的父母陪她去確認。

不料，水塔底下空無一人，圍繞水塔正下方的柵欄門也以南京鎖鎖上了。

臉孔

這是M去京都畢業旅行時的遭遇。那天晚上，她們留宿嵐山。M住的是八人房，不過加上偷偷跑進來的朋友，最後是十一個人。

大夥隨意躺在鋪滿整個房間的墊被上，漫無目的地閒聊，待夜色漸深，話題轉向怪談，後來又岔題到意外事故。朋友說起曾親眼目睹有人被車撞，或是有人衝撞自己搭的列車之類的經驗。於是，M戴上耳機，鑽進最旁邊的被窩裡，邊聽音樂邊看書。她雖然喜歡怪談，卻很害怕聽關於疼痛的事情。

她聽著音樂，沉迷在書中世界。一回神，所有人都已躺下。一大堆人就這麼睡著，電燈依然大亮，看來是聊到累了。儘管早晚已有涼意，卻不算非常冷，而且房裡擠太多人，頗為溫暖。真傷腦筋，M暗暗苦笑，沒特意叫醒眾人，繼續看書。

啪嘰，她聽見折斷樹枝般的聲響。雖然她沒將音量調得很大聲，但戴耳機還聽見那聲響，十分奇怪。冰箱恰恰放在M的腳邊，她不在意地想，大概是冰箱的運轉聲吧，便繼續往下讀，又聽見像樹枝折斷的聲響。

M拿下耳機，豎起耳朵，同樣的聲響持續著，而且源自窗外。窗外就是山，毫無光亮，一片漆黑，卻不停傳來折斷樹枝似的聲響。不可思議的是，音量和她戴耳機聽到的沒有任何差別。

M感到有點恐怖，叫醒睡在一旁的朋友Y。可是，被吵醒的Y非常不高興，根本不聽M的話，催促她快點睡覺，隨手就要關燈。M趕緊阻止她。

「開著燈我會睡不著。」

Y沒好氣地說完，不理會M的要求，便關掉電燈。

這樣一來，也不能重新開燈。M只得把棉被拉到頭頂，戴上耳機調高音量。或許是電池的關係（但M明明剛換電池），耳機傳出的旋律突然拖得很長，歌聲逐漸扭曲，喜歡的歌手像是發出令人不舒服的呻吟。她忍不住按下停止鍵，忽然察覺有人壓著肩膀，還是從正上方將她的肩膀推向頭部，彷彿有人坐在她身上（雖然感受不到體重）。

不要緊的，M告訴自己。出發前，「聽說畢業旅行經常會碰到幽靈」成爲眾人的話題。當時，大夥半開玩笑地說，那就帶鹽去吧。此刻，鹽和護身符就在背包中。M明白得趕快去拿，卻沒有勇氣推開壓著她肩膀的某人。她想著鹽和護身符，幾乎要哭出來，壓著肩膀的感覺突然消失。而後，再沒有任何聲音，也沒有任何氣息。雖然M無法立即睡著，後來還是落入夢鄉。

隔天早上，M恨恨地告訴Y昨晚發生的事情。反正她一定不會相信，反正一定會被她嘲笑，儘管如此認爲，M仍不由得帶著恨意敘述。意外地，Y一臉認眞地回應：「眞有這種情況妳就說嘛，我會醒過來陪妳。」

明明昨晚氣成那樣，M剛要反駁，Y繼續道：「不過，我也有點在意一件事情。」她打算關燈，拉著電燈開關的繩子時，看見窗外出現一張人臉。

「大概是反射，誰的臉映在玻璃窗上吧。」

Y是不相信幽靈的現實主義者。

「或者是有人在窗外偷窺。反正，那不是我的臉。恰恰在我的肩膀——這一帶的位置。」

Y比畫著自己肩膀上稍微高一點的位置。

「我覺得那沒什麼，不過還是有點嚇一跳。」

「所以我才說，妳告訴我，我就醒過來陪妳啊。」Y重複一遍。M聽著Y的話，想起Y關燈時，醒著的只有站起的Y和被窩裡的自己。所以，除了Y，其他人的臉不可能會映在玻璃上。這樣一來，那張臉應該在窗外。

但是——M心生疑惑，外頭一片漆黑，在房裡開著燈的狀態下，看得見玻璃窗外的狀況嗎？

背部

某天放學回家時，H從神社抄捷徑。那是一條通過境內的小路。

碰！他突然撞上硬物，後退兩、三步，驚訝地眨眼。

眼前什麼都沒有，水泥小路一如往常地向前延伸。周圍鋪著沙礫，翠綠的樹叢逼近身邊。

大概是多心了，他重新邁開腳步。

不料，再度「碰」一聲撞上硬物。

他戰戰兢兢地伸出手，眼前有著看不見的東西。那東西很溫暖，還覆蓋著柔軟的毛髮。H試著摸索，確認一個比他大的不明之物擋在前方，而且是背部。

H摸來摸去，那東西卻動也不動，不過似乎沒有要加害H的樣子。只是背朝H，站得直挺。

謹慎起見，H再次往前走，果然又碰地撞上去。

H非常驚訝，決定改道。他繞過那看不見的東西，前行幾步。回過頭，依舊半點影子都沒瞧見。

固力果

那大概是K五歲左右的遭遇。

當時K的母親經常迷上各類宗教，只要聽到傳聞就四處去參加集會，通常也會帶著K。

事情發生在某個外出地點。集會結束，K和母親回到飯店。記不得是哪個都市，及怎樣的飯店，她只記得飯店的大廳牆上，裝飾著軍隊士兵拿槍、拖馬車的浮雕畫。

K獨自在那幅畫前跑來跑去地玩耍，碰到一個同年的女孩。究竟是對方先說「一起玩吧」，還是不知不覺玩在一起？K記不清，只有她的名字深深留在腦海。女孩名叫「固力果」。

K問女孩名字時，她說「妳一定會笑我，我不想講」，怎麼都不肯坦白。K不斷發誓「我絕不會笑妳」，她才終於鬆口。

「我叫固力果，用片假名寫的。」

兩人在樓梯上玩。K記得那是座有著漂亮扶手、鋪紅毯的樓梯，可是，她又覺得四周沒有其他人，或許是飯店內部專用的樓梯。

她們玩著很孩子氣的「跳下樓梯」遊戲。一開始，從第一階跳下，接著從第二階。K在第二或第三階時，不小心摔倒，不禁猶豫起要不要繼續跳。於是，固力果出聲嘲笑：「我能從最上面跳下來喔。」

不是隨口誇大，她真的從最頂端那一階跳下來。她站在遠方的高處展開雙手，咚一聲降落在紅毯上。K高興地拍手，直呼：「好厲害！好厲害！」

現在回想，那是不可能的。那座階梯看起來是通往飯店二樓，不過途中拐了個彎，固力果或許是從樓梯間跳下而已。儘管如此，那的確也是五歲小孩不可能跳下的高度。

之後，她們玩起捉迷藏。輪到K當鬼時，母親來找她。K大聲對躲起來的固力果說「我要回去嘍」，可是沒有任何回應。

最近K經常做某個夢。還是高中生的K，在夢中已二十歲。看電視時，新聞節目的畫面中出現一家飯店，原來是倉庫牆壁裡發現五歲左右的女孩木乃伊。K在夢中想著「是那間飯店！」慌慌張張趕去，向警察解釋後，獲准見木乃伊一面，她確信那就是固力果。

K不斷做著這個夢。她總覺得等到自己成年後，應該會去尋找固力果，尋找那間飯店吧。

剃刀

傳聞深夜十二點或兩點時，獨自前往浴室，在洗臉盆裝滿清水，嘴含剃刀，當水面映出自己的臉孔時，會看見某個男人的臉孔。臉色泛青的寒酸男人，會以空虛的眼神回望自己——這是即使沒有陰陽眼，也能確實看見幽靈的方法。

某天晚上，S的表妹嘗試這個方法。深夜兩點，等家人都入睡後，她前往浴室。在洗臉盆裡放滿清水，待水面平靜無波，她含著買來的剃刀屈身向前。

水面映出一個瘦弱的中年男人，不是她的臉孔。泛青的男人臉孔，以黯淡的雙眼盯著她。

表妹驚叫出聲，含在嘴裡的剃刀掉下。掉落水中的剃刀引起波紋，男人扭曲的額頭一帶，緩緩漂散出鮮血般的東西。

待波紋平靜下來，男人的臉孔已消失，但紅色絲線般的東西仍漂浮在水面上。

威廉．泰爾

中學一年級時，K的音樂老師出了一個「聽古典音樂，寫下感想」的作業。K在學校裡隨意選中《威廉泰爾序曲》，借唱片回家。這是發生在離CD出現有段時間的事情。

雖然借出唱片，可是K家裡沒有唱機。不過，K的家人開理髮店，店內裝有包含唱機的音響。因此，等到公休的星期一，K便帶著唱片前去。

理髮店最早是由K的祖父經營，店鋪和住宅連在一起，祖父母住在這裡。K的父母也幫忙理髮店的生意，但住在離店面徒步只要一分鐘的公寓。

「借一下音響。」

K朝店後方打招呼。隔著一扇門，裡面是客廳，祖母在看電視。

K將唱片放上唱機。此時，店裡只有K，沒有其他人，也沒有動物。

唱片放了一會，某處傳來喀噠喀噠、啪噠啪噠的聲響。音量不大，卻令人覺得吵雜慌亂。K非常在意，所以暫停唱片。究竟從哪裡傳來的？他環顧店內，聲響已停止。大概聽錯了吧，他重新播放唱片，又傳來喀噠喀噠、啪噠啪噠的聲響。這次他沒暫停唱片，再度環顧店內。

於是，他注意到窗戶旁邊的鏡子上方掛著月曆，那月曆的右下部分發出啪噠啪噠的聲響。紙張一角像輕輕拍打著什麼似地捲起，而月曆本身也喀噠喀噠地微微搖晃。

起先，K以為是窗戶開著，被風吹動的關係。當他打算關窗，靠近一看，卻發現窗戶關得緊緊的。別說讓月曆發出聲響的風，連讓衛生紙稍微搖晃的風都沒有。

難道是音樂的緣故？

K暗暗思忖，調整音量，但沒任何變化。月曆依然喀噠喀噠、啪噠啪噠地動個不停。K暫停唱片，月曆也一秒不差地停下。他試著放不同的曲子，月曆毫無動靜，改放《威廉泰爾序曲》，月曆便又動起來。

K覺得有點恐怖，呼喚在裡面房間的祖母出來。可是，當祖母出現，月曆就不再翻動，不論K怎麼做，都沒有動靜。不久，祖母丟下一句「不是不動嗎？」便回房。待祖母一回去，月曆隨即喀噠喀噠、啪噠啪噠地翻動。

「奶奶！」

K再次大喊，祖母一過來，聲響就停歇。只要K獨自一人，又冒出聲響。第三次呼喚祖母時，祖母已不理會他。

K獨自待在店裡，月曆不斷發出喀噠喀噠、啪噠啪噠的聲響。他忍不住想停下唱片時，店的深處傳來窸窸窣窣的聲響。

晚上K習慣將腳踏車停到店裡，因爲自家公寓的停車場沒有屋頂。前一天晚上，K也將腳踏車停到店裡。那天下雨，爲了避免弄髒地板，K在地上鋪報紙。那好像是有人踩在報紙上的聲響。

K怕得連忙停下唱片，喀噠喀噠、啪噠啪噠的聲響隨之停止。不過，那個踩在報紙上的聲響卻逐漸靠近，報紙也窸窸窣窣地動起來。

K尖叫一聲，衝出店外，逃回自家的公寓。

雖然不知與此事有沒有關係，在那之後，K曾在幫忙收拾理髮店時，看到可疑的人影。當他打算收招牌而走出店外時，發現有個孩童般高的粉紅人影蹲在陰暗處。

那個蹲在陰暗處，背對K的人影抬起頭，緊緊盯著招牌。K嚇得逃回店裡，戰戰兢蒓地往外一看，人影已消失。

這種情況只發生過一次。

雨女

那是K在放學途中的遭遇。當天下雨，非常溼冷，雖然不到傾盆大雨，但也累積不少的雨量。

一早天空就很陰暗，到放學時間益發陰暗。即使已是白晝逐漸變短的季節，下雨天的陰暗還是不一樣。不是黑暗逼近，而是單純的陰暗，沉甸甸地缺少光亮——K默默想著，撐傘踏上歸途。

K上學走的幾乎都是田地裡的農道。大部分都整備成乾淨的水泥道路，不過，途中會出現通過休耕地、未經整備的道路。穿越那條道路就是捷徑。道路兩旁是雜草叢生的空地，平常會有孩童玩耍，或有人在溜狗。然而，由於那場雨，當天空地毫無人影。只是，K沒有餘裕注意周圍狀況，因爲是沒整備的道路，腳邊處處是水坑。如果不低頭留意腳下，就會踩到冰冷的水坑。再加上，那天攜帶的東西特別多，她小心避免弄溼兩手的包包，幾乎是以下巴夾著傘柄。與其說是撐傘，不如說是將傘放在低垂的頭頂上。

她暗自慶幸，還好沒有風。背後傳來啪啪啪的踩水聲，逐漸靠近。低著頭走路的K，趕緊閃到路邊，猜想後面的人應該會超前。果然，傘遮住的視野一端，出現女性的腿。黑皮鞋吸滿水，一走動便發出噗啾噗啾的聲響。

溼掉的鞋子該怎麼辦？吸了那麼多水，之後很難處理吧，K不禁同情起對方。不久，那名女子接近，越過K，然後在稍微前面一點的地方放慢腳步——K覺得她放慢了腳步。從這時起，K便和那名女子一前一後地走著。

K兩手都提著包包，撐傘的方式極不穩定，所以走得很慢。可是，那名女子彷彿在配合K的腳步，兩人的距離沒有任何變化。是附近的大姊姊嗎？K想看清楚那名女子的模樣，便直起身，雨傘差點掉到後方。不過，她只能瞧見女子的下半身。

白上衣、褐窄裙，搭膚色絲襪，腳踝以下已溼透，黑皮鞋內積滿水。即使如此，女子仍沒避開水坑，毫不猶豫地踏進去。是覺得反正溼到這種程度，也沒差了嗎？

K的運動鞋也吸滿水，襪子溼掉，腳趾全都凍僵。就算這樣，她也不打算踏進冰冷的水坑。她確認著腳下，慢吞吞地走在路邊。被傘遮擋部分視野的前方，是女子的下半身。

明明看得見對方，卻互相不交談的狀態，實在有些尷尬。和偶然經過的某人並排行走，K感到很難受。她十分好奇，難道對方不這麼覺得嗎？倏地，走在前面的雙腿停下。

K雖然訝異，卻不認爲需要跟著停步。她低著頭繼續前進，緩緩靠近女子，要擦身而過時……

那名女子鑽進K的傘內。

感覺上，那張臉是突然出現在K的傘下。女子氣勢十足地彎腰，扭動上半身，由下往上看般探進K的雨傘裡。毫無表情的白臉、燙過的中長髮、圓睜的雙眼緊緊盯著K。

K尖叫一聲後仰，傘掉到背後。可是，附近沒半個人影。

K環顧四周，空無一人。只有傘掉落在處處水坑、冷颼颼的路上。

——從此以後，K就不在雨天走那條捷徑了。

側臉

事情發生在M洗澡的時候。雖然已到想使用暖氣的季節，那天並不特別冷，但她仍覺得涼颼颼的。與其說是有風透進房子的縫隙，更像是有股寒氣從某處流進來。她沒打開窗戶，也不可能來自浴室的門。明明沒有任何縫隙，卻冷得不得了。她彎腰洗頭之際，一股寒氣彷彿滑落背脊。

搞不好會感冒，M迅速洗好頭，逃進浴缸。進入熱水的瞬間，她的確感到很燙，可是等浸到脖子，身體舒展，平靜下來後，反倒莫名發冷。她掬起熱水，潑到身上，卻一點都沒有溫暖的感覺。

——該不會眞的感冒了？

M暗暗想著，連下巴都浸到熱水裡。她愣愣盯著水面時，突然浮現黑色線條。她訝異地以目光追逐那些線條，發現像是某個人物上半身的素描。線條非常柔和，快速畫出戴帽子的男人側臉，在水面上載浮載沉。

這是什麼？真是不可思議。不過，M轉念一想，難道是牆壁或天花板上的畫映在水面？她連忙環顧四周，但浴室裡原本就不可能有這樣的畫，也不可能有人塗鴉。實際上，牆壁和天花板都是一片雪白，根本沒有值得在意的汙漬。

M將目光轉回浴缸。那個以黑色線條描繪出的人影，仍在水面浮浮沉沉。好似望向遠方的男人側臉，漂浮在M的雙腿上。

她一陣噁心，不禁站起身。水面起了波紋，可是，那幅畫依舊保持原樣。

而且畫中的男人還斜眼瞄著她。

墜落

中學三年級時，M有點失眠的問題。

她不是睡不著，而是不想睡。只要一入睡，便會碰到鬼壓床。嚴重時，一個晚上會碰到兩、三次，因此她不想睡。這樣一來，理所當然會睡眠不足，打瞌睡的頻率增加。她會在客廳之類的地方打起瞌睡，這種情況更糟，比平常就寢之際容易遭遇鬼壓床，甚至在上課中碰過。

雖然只是全身動彈不得，並未看見或聽見任何怪異，可是每當碰上鬼壓床，她就覺得會被吸到某個地方，非常害怕。萬一被吸進去，或許再也無法睜開雙眼。

這天晚上也不例外。儘管不想睡，但她實在無法抵抗睡意，還是鑽進被窩。正值天氣逐漸轉冷，被窩裡十分冰冷。她忍耐著冰冷，祈禱「希望今晚能平安入睡」，等被窩暖和起來，她終於昏昏欲睡。此時，她感覺身體突然墜落，一回過神，發現又碰到鬼壓床。

手腳動彈不得，頭無法轉動，雙眼無法睜開，也不能發出聲音。整個身體好像都遭墊被吸進去，極爲沉重。

她焦急地想起身，腹部卻變得更重，彷彿有人騎在她身上，腰部被用力壓進墊被，胸口到腰部都遭往下扯。沒辦法呼吸了——這麼一想，她感覺背部快速沉入墊被。

她還在驚訝，背部繼續下沉，傳來榻榻米的觸感。

榻榻米？我穿過墊被了嗎？

剛這麼想，身體又往下沉，背部逐漸穿過地板。M留在枕頭上的腦袋和墊被上的腳跟拚命頂住，還是難以抵抗下沉的力量，腳跟瞬間掉落，接觸到榻榻米。她試圖用力頂住腳跟，好支撐身體，但腳跟仍沉入榻榻米。

身體穿過某種棉被般柔軟卻紮實的東西下墜。砰，M覺得背部穿越了什麼，碰到冰冷的空氣。同時，腳跟也像踏破什麼，拚命靠在枕頭上的腦袋隨著往下掉。

咚，M感到自己彷彿被丟進洞穴。

接著，M摔到墊被上。她驚詫地跳起，發現棉被在身下。由於發出巨響，睡在隔壁的父母衝過來。

「怎麼啦？」

母親關切道，M無法立刻回答。

「我掉下來了……」

她好不容易擠出一句話。

「從哪裡？」母親反問。

M的房間沒有西式床，而是直接在榻榻米上鋪墊被。她伸手往被窩裡一摸，相當溫暖。

她不清楚發生何種情況，不過從那之後，就再也沒遭遇鬼壓床。

平交道地藏

K的父親自稱有靈異體質，經常把「肩膀好重」掛在嘴上，然後將念珠掛在肩膀上。「這樣就好了。」K的父親總是如此說道。

這位父親絕對不經過某個平交道。只要經過，不僅肩膀，連腦袋都變沉重，所以他很討厭那裡，即使繞遠路也要避開。其實，那個平交道時常發生意外。明明視野不差，就是意外頻仍。因此，平交道旁立著歷史悠久的地藏菩薩，常有人供奉花束和線香。地藏的周圍也新舊交雜地豎著幾根卒塔婆（註）。K不怎麼在意，還是會經過那個平交道，只是每次看到新的卒塔婆，便感覺很不舒服。

K上中學的那一年，那個平交道又發生意外，傷者是父親的朋友。他騎著摩托車經過時摔倒。

由於警鈴響起，柵欄開始放下，那個叔叔急著穿過平交道。沒想到，柵欄以出乎意料的速度降下，打中他的頭。摩托車倒下，叔叔摔落鐵軌。當他暈頭轉向地牽起摩托車

註：供養死者的木牌，通常立在墓碑後方。

時，已被關在柵欄內。要丟下摩托車逃走嗎？可是丟下摩托車，若火車出軌……他不停思索，陷入恐慌。列車逐漸逼近，雙腳卻生根似地無法動彈。不光是雙腳，身體完全動彈不得，他牽著摩托車，僵在原地。

——能夠詳述當時的狀況，是因爲叔叔奇蹟般只受了傷。火車撞上摩托車，飛出去的叔叔撞到平交道旁的地藏菩薩像，僅僅如此。地藏菩薩像毀壞，叔叔渾身上下都撞傷，但只是淤血、擦傷及輕微的骨折，幾乎不用住院。

「地藏菩薩替我擋了這一劫。」叔叔笑著說，「所以，爲了道歉，我得捐一座新的地藏菩薩才行。」

有一段時間，現場只留著地藏菩薩的台座。

半年後，依然沒有設置新的地藏菩薩的動靜。留下的台座移到角落，唯有卒塔婆被重新排整齊。不知何時起，平交道不再發生意外。明明平交道沒任何變化，自父親友人的車禍後，就不曾聽聞那裡發生意外。

明明沒有地藏菩薩了呢，K這麼對父親說。父親怏怏不樂地點頭。

「所以我才覺得奇怪。」固執地避開那個平交道的父親開口，「總之，我絕對不要經過那座地藏菩薩前面。」

K頓時愣住，原來父親一直想避開的不是平交道，而是地藏菩薩嗎？

直到現在，平交道旁都沒重新設置地藏菩薩，也沒再聽過那裡發生意外。

下定決心

這是M高中三年級時發生的事情。

由於大學入學考在即，M熬夜念書。M的老家是農家，家人都很早睡。祖父吃完晚飯，便會上床睡覺，父母則大約在九點、十點就寢。跟M年紀相差許多的弟弟還是小學生，雖然再怎樣也不會那麼早睡，不過因爲和父母一起睡，會躲進寢室。只有祖母守著電視，但最遲十二點前會入睡。M以前挺早睡的，當上考生後，實在沒辦法，經常凌晨一、兩點，甚至三點時還醒著。

剛開始熬夜非常辛苦，幸好不久就習慣了。不習慣的是，一到深夜家中會更顯寬敞。老家是歷史悠久的農家，原本房子就大。然而，二樓只有M使用的十張榻榻米大和室。加上家人已熟睡，簡直像被單獨留在屋裡，總覺得有些不安。查閱字典、寫筆記的聲響，詭異地在耳邊盤旋不去。這種時候，她便深刻地感受到家裡有多大。

她不想爲這些事情分散注意力，試著聽音樂或廣播節目，反倒無法集中精神。若是降低音量，聽覺會更敏感。顯然地，只要一有聲響她就會分心，於是她打算放棄聽音樂或廣播節目——怪事就發生在這種時候。

當時還有蛙叫和蟲鳴，天氣應該還很熱。她面對書桌念書，背後傳來叩咚聲。雖然混在蛙叫聲中非常微弱，但她的確感覺是從背後傳來的。M房間的紙門不好開關，每次開門，都會發出叩咚聲。原以爲是家人上來，但她回頭一看，沒有任何人，紙門也沒打開。是我聽錯了吧，她想著豎起耳朵，過了一會，又傳來叩咚聲，像是重物撞到牆壁。紙門另一邊是樓梯，聽起來也像是有人拖著重物上樓。M好奇地觀察一會，聲響卻就這麼停止。大概是家裡的誰吧，M不再多想。

然而，從那之後，M聽到數次相同的聲響，大多出現在她快要忘記的時候。最初，她只感到驚訝，沒特別離開書桌去確認。漸漸地，她察覺不對勁，怎樣都無法打開紙門。而且，那明顯是下樓的聲響。

叩咚、叩咚，某人緩緩下樓，但二樓只有M的房間，又沒聽見上樓的動靜。甚至只有鈍重的聲響，沒有腳步聲，也沒有任何人的氣息。愼重起見，她問過家裡每個人，但誰都不曉得怎麼回事。其實，M根本沒感受到有人在房間外面——與其說是「誰」，不如說是「有什麼」下了樓梯還比較正確。

情況太詭異，M實在受不了，唯一的救贖是那聲響在下樓——也就是說，遠離她的房間。即使聽到，她也盡可能無視。由於是快忘記此事時才會出現，就這樣的頻率，她可以無視。

習慣無視那個聲響時，季節已是深秋，早晚都冷到骨子裡。M家的房子老舊，光是點暖爐不夠，因此M的腳底經常很冰冷，也變得常跑廁所。而且，廁所只有一樓才有，特意下樓去廁所超級麻煩。又冷又暗——M這麼想著，起身走出房間。當她打開紙門出去時，聽到微弱的叩咚聲。

M立刻望向樓梯，沒有任何人。單單藉著房裡漏出的光線，看不清樓梯下方。她猶豫著要不要點燈，又傳來叩咚聲。的確有什麼東西在下樓梯。這麼一想，她再也不能無視那個聲響，決定打開電燈。

日光燈一照，泛黑的樓梯浮現。樓梯往下延伸，碰到牆壁後轉彎，繼續往下。有什麼東西滾動著，轉過那個角落。

白色圓圓的「東西」滾下樓梯、轉過角落，掉到下一階時發出叩咚聲。那個「東西」滾動時，M看見長在它上頭的黑色之物在飛舞——猶如頭髮一樣。

轉角下方的黑暗中，傳來那個東西滾落樓梯的鈍重「叩咚」聲。

M慌慌張張地衝進房間。之後，她再也不熬夜，跟著祖父母早起。雖然念書時間減少，還是考上了大學。她認爲是下定決心絕不熬夜的緣故。

哥哥

那是個星期六下午。

當天，O的身體狀況很差。一早就覺得腦袋昏沉，身體也漸漸沉重起來。大概感冒了，所以她沒去參加社團活動，提早回家。

回到家，身體益發不舒服，頭重得受不了。她量過體溫，雖然沒發燒，卻猶如穿著溼衣服般全身發冷。

偏偏母親外出，家裡非常安靜，而且很冷。她打開暖氣，躺在客廳沙發上看電視，但始終坐立難安。總覺得客廳裡有其他人，似乎有道盯著她的視線。

一定是感冒心裡不安，才會產生錯覺——O暗暗想著，勉強看了一會毫無興趣的電視節目，還是覺得有人在監視她。即使走到餐廳，仍無法擺脫這種感覺。

O在餐廳待不住，改去別的房間。但不論前往何處，彷彿都有人注視著她，實在很不舒服。於是，她回到自己的房間，緊緊鎖上門，打算躲進被窩，卻怎麼也靜不下心，索性走到陽台上。

外頭是小陽春天氣，日光十分溫暖。四周的樹木逐漸變色，路上行人來來往往，周圍住家傳來各種雜音。O這才感受到人的氣息，鬆了口氣。

她靠著扶手時，同班的朋友經過下方。獨自一人在家，頗爲不安的O出聲問：「妳要不要來我家？」

朋友揮手答「好」，O也對她揮揮手，接著急忙衝到玄關打開門。迎接朋友進屋後，家裡突然暖和起來。

「我有點感冒，一直心神不寧的。」

帶朋友前往客廳時，O解釋道。

「所以，妳哥哥才陪在一旁嗎？」朋友說，「剛剛他在陽台吧，搭著妳的肩膀，你們感情似乎很好。」

當然，O並沒有哥哥。

密閉

入秋後，K就覺得她住的公寓有點詭異。

元凶是衣櫃。K的房間擺著壁櫥大小的衣櫃，有一對兩段式的拉門，從左右往中間關起來。每當K注意到時，兩扇拉門總是微微開著。

瞥見幽暗的縫隙，K便覺得不舒服，所以一定會關緊拉門。可是，只要目光掃過，總會發現拉門又稍稍打開。K不認爲是拉門的開關出問題，她仔細測試過，拉門不會自行打開，實在不曉得爲何會這樣。

起初，K以爲是前男友趁她不在偷偷進屋。前男友在這裡住過一陣子，分手時K跟他要回鑰匙，看來他似乎擅自打了備份鑰匙，以便拿走他的行李。K非常氣前男友自作主張，不能原諒他居然瞞著她，更不能忍耐他擅闖她的房間。再加上，還不好好把門關緊。K就是無法忍受他的懶散才決定分手。

K相當火大，於是告訴管理公司「鑰匙弄丟了」，請對方換新鎖。這樣一來，前男友就不能隨意進出，拉門也不會再莫名其妙打開。

——然而，門還是打開了。

因爲換過鎖，不可能有人偷偷進屋。那麼，爲何明明已關緊，門仍會打開？衣櫃裡和壁櫥一樣分成上下兩段，拉門開了一條縫隙時，上段還好，下段眞的是漆黑一片，感覺躲著什麼東西。她忍不住拿點心盒子上的緞帶，將拉門的把手綁在一起，這麼一來，應該不會再打開。

實際上，衣櫃門的確有一陣子都沒自行打開過。一晚，K洗完澡在全身鏡前吹頭髮，不經意抬頭，看見身後的衣櫃映在鏡子裡，門關得緊緊的，綁著兩個把手的緞帶卻解開了。

原以爲是緞帶太滑，但她發現解開的緞帶一端夾在兩扇門之間——不，那一端是被拉進櫃門。有人在衣櫃裡拉住緞帶，無聲緩慢地解開。

她驚訝地回頭，抓起膝上的毛巾丟過去。剛擦完頭髮的毛巾帶著溼氣，撞到櫃門發出聲響。

接著，緞帶的前端輕輕從衣櫃裡出現。

雖然不太可能，但該不會眞的有人躲在衣櫃裡？得親眼確認才行，K像是撲過去般爬到衣櫃前，拉著緞帶打開門。K的膝蓋往前頂住，擺出恰恰看得到下段狀況的姿勢。下段裡放著各種雜物，包括收納衣服的箱子、不合時節的家電、空箱及行李箱。那個直立的行李箱正好要關上，箱蓋開了條縫，長長的黑髮和白皙的手被吸進縫裡。砰，K啞口無言地看著箱蓋關上。

那傢伙！

那個行李箱是前男友不知從哪裡撿來的，她生氣地拖出。行李箱很輕——裡面當然什麼也沒有。

K拿膠帶將行李箱捆了一圈又一圈，當晚就放到門外。

「隔天，我立刻把行李箱寄去給他。」K說，「因爲那是他撿來的啊。」

惡評

S參加的社團是生物社，社辦是和攝影社共同使用的生物準備室。除了準備室一角設計成暗房之外，其他部分都是共用的，因此兩社的社員總是混在一起。

據說「生物暨攝影社」的社辦會出現幽靈。這是歷史悠久的著名傳聞，但沒人看過幽靈。不過，聽到腳步聲或怪聲，已是社員的家常便飯。離奇的是，只有女社員才會聽見，男社員一進來便會立即停止。所以，男女社員之間，總是爭執不斷。女生說「又有怪聲」，男生卻只當是女生的陰陽眼家家酒，嘲笑「妳們就是喜歡靈異現象」。S等人對男生的態度氣得要命。

雖然男生不相信很令人懊惱，可是，社辦裡有「東西」一事，不光女社員，連畢業學姊也都知道。除了腳步聲，還有像身體倒地般「碰」的聲響。感覺上，那個幽靈是體重不輕的男性，腳步聲很沉，發出的聲響也有重量感。甚至有人聽過肥胖男性行動時，獨特的「哈、哈」喘息聲。

如果坐在長椅上，會立刻感到隔壁有人坐下，椅子一邊凹下去。聊天時，也會聽到「眞的啊」之類的男人插嘴聲。若是蹲下找架子下方的物品，背後會有冰冷的東西壓上來。

雖然沒重量，卻會有肥厚的胸部壓住脖子到背脊一帶的感覺，耳畔還會傳來「呼——」的嘆息。不光聲音，甚至會感受到溫熱的鼻息。此外，摸索暗房的開關時，手會突然被觸碰。而且一定是中指，不是輕輕以指尖勾住，就是摩挲撫摸。

因此，這間社辦始終惡評不斷，每一屆的女社員都持續提出更換社辦的要求。對她們而言，在感到害怕之前，更覺得噁心。

影男

某天，S的表姊K不得不出門處理一件事。她有一個上幼稚園、一個上小學的小孩，因爲不能帶他們外出，便把他們送到住在附近的母親——就是S的阿姨家。阿姨照顧兩個外孫，讓他們在暖桌裡午睡後，自己也跟著睡著。直到門鈴響起，她才醒來。

阿姨慌慌張張地爬出暖桌，走向玄關，發現站著一個黑色的男人。是因爲男人穿得一身黑，還是他本身像影子一樣？阿姨也說不上來，總之就是覺得那是個「黑色」的男人。阿姨看不清對方的五官和體型，也不確定是不是認識的人。那個男人突然抓住阿姨，將她壓在牆壁上。阿姨發出慘叫，但男人沒放鬆力氣。阿姨鼻子快被壓斷，胸口被壓迫到無法呼吸。她想起在睡覺的外孫，原本想向他們求救，又直覺認爲不能讓男人知道外孫在屋內，所以拚命忍住不出聲。突然電話響起，男人瞬間鬆手。終於獲得解放的阿姨吸口氣，卻發現自己睡在暖桌裡。

電話不斷響著。剛剛做了討厭的夢哪，阿姨邊想邊去接電話。附近鄰居打來講一些瑣事，通話之際，阿姨的鼻子一陣一陣地抽痛。掛斷電話後，她發現半乾的鼻血沾在臉頰和話筒上，胸口也出現紅痕，非常疼痛。

「我睡覺時不曉得撞到哪裡。」阿姨對深夜才回來的K說，「因爲很痛，才會做那種夢吧。」

阿姨半開著玩笑，K也不禁一笑。

「到底是多誇張的睡相啊。」

眞像小孩子，兩人笑道。忽然，窗外傳來「咚」、「咚」兩聲，似乎有人很生氣——或是想用力打破窗戶的劇烈聲響。可是，窗簾沒拉上的窗外並無人影，K和阿姨驚訝地面面相覷。

——來S家裡玩的K，告訴她這件事情。

「明明聽見咚咚兩聲，可是根本沒人。而且時間太湊巧，我們都嚇一跳，覺得很恐怖。」

K這麼說時，S的房間也響起敲窗聲。

咚、咚，彷彿在表達怒意的兩聲。

K和S都嚇得臉色發青。

壁紙底下

天氣一冷，M洗澡時會將浴室的門打開。因爲在隱密性高的房間使用暖氣，室內會非常乾燥。除了會經常被靜電電到，皮膚也會過於乾燥，產生皮屑，癢得不得了。就算使用加溼器還是不夠，所以她會在洗澡時，刻意打開浴室門，讓水蒸氣漏出去。這樣一來，室內溼度反倒剛好。

但是，或許是這個習慣的緣故，搬來不滿兩個月，走廊的壁紙已翹起。正好是浴室前面的壁紙，大概是水蒸氣造成的。牆壁和天花板接縫的壁紙一角翹起，等她發現時，有一邊已出現十五公分左右的倒三角形，還捲起來。M有些在意，拿膠水、膠帶貼住壁紙，之後瞥見，卻又捲起來，而且面積益發擴大。

——糟糕。

M自覺是水蒸氣造成的，有點心虛。之後搬出去時，恐怕會被收取修繕費用吧。

因爲很在意，她詢問DIY家庭用品店的店員後，買了專用的修補劑貼好壁紙，還在角落釘上隱形釘子，妥善地埋在接縫下面。這樣就大功告成，非常完美。

她安心地入浴，一如往常地打開浴室的門泡澡。微白的水蒸氣先是飄往天花板，再飄到走廊上。飄動的水蒸氣看起來宛若流動的霧氣，M覺得室內「非常溼潤」，心情大好。

她鬆口氣，卻瞥見視野一隅有東西在動。定睛一瞧，壁紙一角又捲起來。

怎麼會這樣？今天這麼累，到底算什麼啊？害我耗費半天寶貴的假日。

眼前的壁紙繼續捲著。捲起來的一邊彷彿被綁上重物往下拉，乾脆地剝落。這實在捲得太順，甚至令人感到痛快。可是，現在不是佩服的時候，而且慌張關上門也太遲了，等下次放假再處理吧，M轉念一想，有點自暴自棄地繼續泡澡。

洗完澡，她站在走廊上，壁紙捲起來的三角形頂端恰巧與肩膀同高。從天花板到那個位置，露出壁紙底下的樣子，像是有點細長、朝下的直角三角形。

咦？她發現捲起來的壁紙下面，並不是牆壁，而是別的壁紙。她踮著腳尖站在椅子上修補，所以沒留意。

壁紙上面又貼了壁紙？所以才會這麼容易剝落嗎？

她仔細確認，注意到捲起來的倒三角形頂點附近有著褐色汙漬。M不加思索地輕拉，很容易就撕下，出現更下方的壁紙。上頭有個約莫一公分的細長汙漬，狀似驚嘆號，大大傾斜。

——簡直像噴什麼東西上去的痕跡。

M暗暗想著。明明她沒拉，壁紙卻彷彿擁有意志，再度捲起來。出現一條用筆或其他東西畫出來，有些地方留白的粗斜線。

是半乾的平筆沾油墨畫出的線——不，比起筆，更像是……

壁紙繼續捲著，留白線條的起始處是圓圓的指印。

沾染褐色汙漬的手指，擦過留下痕跡。

——一隻。

壁紙不斷捲著。

——兩隻。

捲著。

——三隻。

應該出現第四隻手指的地方，留下清楚的手印。由此往下的壁面，掩沒在噴濺的汙漬、黏糊糊的手印，及那隻手和指頭造成的痕跡中。微小的飛沫看起來是褐色的，但黏糊糊的手印是接近黑色的深褐色——顯然是血跡。

隔天，M立刻衝進房仲店面，尋找新居。搬離的當天，業者雖然來檢查過，但實在沒辦法提出抱怨，只得把押金全退給她。

沉默的妹妹

那天晚上，O在廚房洗碗。

O的家裡是開店的，幾乎不可能全家一起悠閒度過餐後時光。即使在吃飯，一有客人上門，父母便得離開餐桌，吃完飯就立刻回店裡。母親會趁看店的空檔煮飯，洗碗則是O和妹妹的工作。

然而，那天晚上，妹妹沉迷於電視節目，完全沒有洗碗的意願。儘管出聲催促，妹妹也只是隨便應付，絲毫沒打算起身。所以，O很不高興地獨自洗碗。

妹妹總是這樣，O十分不滿。父母工作忙碌，妹妹卻沒有幫忙分擔家務的想法，老是敷衍草率、吊兒郎當的——她在心中發洩憤悶時，妹妹進來廚房。

總算進來了。O雖然這麼想，但沒抬起頭，而是繼續洗碗。她故意不跟妹妹說話，妹妹也是連句「對不起」都沒有，直挺挺地站在O身旁，沉默地擦拭洗好的餐具。

兼當餐廳使用的客廳，傳來電視節目的聲音。幹麼不關掉？O對這點也很不滿。妹妹可能一樣在不高興，什麼都沒說，默默擦乾餐具擺上流理台。

「放到架子上啦。」

O邊洗碗邊指示。

妹妹沒應聲。

到底在生什麼氣啊？O益發焦躁。她將最後洗完的鍋子倒扣放好，打算跟妹妹抱怨，轉向旁邊，卻沒見著半個人影。

她慌慌張張地環顧四周，狹窄的廚房裡只有O一人。流理台上並排堆著擦乾的餐具，那些餐具前面有一張盤子，擺在不上不下的位置。是擦到一半嗎？盤子上放著一條皺皺的抹布。

O不禁納悶，這是怎麼回事？剛要拿起盤子，一陣風吹到臉上。仔細一瞧，在洗碗前關上的窗戶，微微打開。

正值冬天，O不可能開窗，如果是妹妹打開的，她也一定會察覺。

她困惑地走出廚房，往客廳望去，妹妹占領兩張椅子，正在看電視。

「妳剛剛在廚房吧？」

面對O的詢問，妹妹毫不心虛地回答：「沒有。」

那個人就站在O身邊。雖然沒看到臉，但從頭髮垂下的感覺和氣質，O認爲那是妹妹。不是母親，更不可能是父親，而家裡已無其他人。

「那麼是誰擦乾餐具的？」

聽O這麼說，妹妹去看了廚房的餐具，嚇一大跳。

來訪

三更半夜，K肚子有些餓，想去便利商店買一些熱的食物當消夜。

一個女人深夜走在路上，雖然有點不安，不過K居住的單身公寓一樓就是便利商店，所以不需在意時間和天氣。只要想到就能去一趟，非常方便。

由於距離很近，不光是電燈，K連電視都開著，便穿上羽絨外套，將錢包和鑰匙放入口袋，接著套好運動鞋。她一手開鎖，另一手放在門把上，忽然，門把動了一下。

事後回想，當時的狀況像是K握著門把，有人湊巧要從外面開門。儘管疑惑，K仍自動開了門。

大概是察覺不對勁，K手一頓。大門打開幾公分，立刻關上——當然是K關的。

明明感到有點奇怪，K卻不加思索地打開門，才又慌張關上。一秒不到的時間，K注意到站在大門另一邊的人影。

那是個女孩。K會覺得她低著頭，是因對她的臉孔沒印象，只記得她的黑色中長髮溼溼地垂在面前。女孩穿著裙子，那條藍色系的格子裙不知爲何清楚地留在K的腦海。質料輕薄的裙子貼在少女濡溼的腿上，而且她還光著腳。

——這麼冷的天氣光著腳？

K不禁握緊門把。圓形的金屬門把在K手中轉動著，有人想開門。

K拚命拉住，鎖上門鎖，接著掛上平常不掛的門鏈，才放開雙手，後退一步。眼前的門把則忙碌地左右轉個不停。

想不出誰會在這種時候來找她。雖然偶爾會有朋友深夜造訪，但對方至少會先打個電話。即使不打電話，起碼也會按個電鈴吧。不按電鈴、不出聲，甚至連門都不敲，就想直接開門，未免太奇怪。何況，她爲什麼光著腳？

K戰戰兢兢地靠近，透過門上的貓眼往外看。門把還是不耐煩似地不停轉動，毫不客氣地發出聲響。K單眼所能捕捉到的視野，呈現圓形扭曲的模樣。視野的左端，某人低頭佇立，濡溼的黑髮垂落。

今晚並未下雨。當K窺望門外時，門縫鑽進乾燥的微風，金屬製的門把散發著冰冷的寒氣。

「是誰？」K往外喊一聲，沒有回應，留著黑髮的人動也不動。雖然對方看似靜靜站著，門把仍發出不耐煩的聲響。K嚇得逃進房間，盯著玄關的大門。門把依舊忙碌地左右轉動，有時連門板都搖搖晃晃。

明明已上鎖，也掛上門鏈，沒人能闖進來。儘管如此，對方就是想硬闖——K做夢都想不到，光是這樣她就害怕得不得了。

「是誰？我要叫警察嘍。」

K揚聲一喊，門把頓時停止轉動。過一會兒，K再度戰戰兢兢地湊近貓眼，在窺看之前，已感受到某人的氣息。果然，視野左端出現濡溼的黑髮。

對方動也不動，佇立在和剛剛相同的位置。

K實在無法忍耐，只好打電話給朋友。說明情況後，住在附近的朋友決定找男友一起過來。K在房間角落顫抖著等待，過了一會，和男友同行的朋友終於按下電鈴。他們抵達時，走廊上已沒有任何人影。

——然而，在這之後，還是不斷發生同樣的情況。

歷經此事，K每次開門前，都會先從貓眼確認外面的狀況。有時會在視野左端瞥見黑髮，也曾在透過貓眼窺視前，目睹門把轉動。從這時起，她已能察覺對方的氣息。走向玄關、站在門前，她就能感覺到有人在外面。然後，只要她握著門把，手中的門把便會轉動。再透過貓眼窺探，一定會看見左邊出現濡溼的黑髮。

這樣的情況總是發生在晚上──而且，如果有同層住戶回來，那人會咻地消失。K有次鼓起勇氣問回來的住戶：「走廊上沒人嗎？」被詢問的人則是一臉驚訝地回答：「沒有喔。」

K預定近期之內就要搬家。

玻璃之中

這是H參加公司聚餐時碰到的事情。在居酒屋的聚餐結束後，和他交情不錯的前輩找他續攤。聚餐地點附近有前輩常去的店，前輩在那裡寄了酒。前輩說「差不多該把它喝完了」，因此H高興地尾隨。

那是一家只有櫃檯的小店，由中年老闆和媽媽桑一塊經營。店內裝潢以黑色和金屬為基調，給人一種優雅洗練的感覺。背景音樂的音量不會干擾客人交談，燈光明暗也調整得恰到好處，氣氛極佳。

「前輩還眞的知道不錯的店呢。」

H這麼說著，坐了下來。櫃檯正面有個以玻璃分層的櫃子，中央從上到下緊密排列著各類酒瓶，兩側有鑲金屬框的玻璃門，裡頭放著餐具和玻璃杯。櫃子內部微有照明，玻璃杯散發出透明的光輝。

好漂亮，H邊讚歎邊眺望著櫃子。忽然，他注意到櫃子一角，嚇一大跳。餐具櫃上有一隻人手。

幾張白色大盤子疊在一起，上頭有隻人手。

他差點驚叫出聲。不過，那不可能是眞的手，應該是假的吧。只是，爲何會有那種東西？剛想詢問老闆時，老闆、媽媽桑及前輩互道「好久不見」，便聊起近況，H不好意思插嘴。

於是，H失去開口的時機。反正不是特別需要提出的問題——雖然這麼想，他仍非常在意，聊天時也忍不住一直瞄著那隻手。

那是一隻白皙的手。手指細長，雖然沒塗指甲油，但指尖十分端整美麗。大概是以女性的手模製造的吧，手指輕輕併攏，自然地放在盤子上。

由於造型實在太自然，那隻手完全沒有人造物的感覺，肌膚甚至有著柔軟的透明感。可是，或許是照明的關係，顯得毫無生氣。

大概是察覺H不停瞄著櫃子，前輩也轉頭望去。H以爲前輩會幫忙解惑，但前輩似乎根本沒發現那裡有隻手，或者那裡原本就該有隻手，因而沒有任何反應。

「果然什麼都沒有吧。」H暗暗想著，那隻手突然動了一下。

H愣愣地盯著那隻手，指尖微微一動。手指輕輕伸縮著，指尖隨意動了起來。然後，指尖碰到玻璃門，彷彿要找尋可抓住的地方般蠢動。

H愕然失聲。這是怎麼回事？他戰戰兢兢地覷著前輩和老闆，心中實在難以置信，居然連「請問……」都說不出口，雙唇開開闔闔。將視線轉回櫃子時，那隻手已消失。

「——怎麼啦？」

前輩關切道，但他一句話也擠不出，只能含糊地說著「不、呃、就是那個……」之類的發語詞，輪流看著前輩和櫃子。前輩疑惑地歪著頭，瞥櫃子一眼，又毫無反應地繼續和老闆聊天。

剛剛的確有一隻手——H再度望向櫃子，白色盤子上空蕩蕩的。

是我看錯嗎？他思忖著，玻璃門微微浮起。仔細一瞧，金屬框的陰影中出現那隻白色的手，它打算從櫃裡打開玻璃門。手指亂動一陣後，玻璃門猶如自內側被推開，微微浮起，冒出一道小小的細縫，隨即像力氣用盡般闔上。

它要出來了，H心想。

他慌張地站起，嘴裡說著突然想起有急事要處理之類的藉口，向前輩鞠個躬，便逃出店外。

隔天，前輩問：「昨晚你怎麼啦？」H根本答不出來。

沒多久，那間店就關了，據說是老闆突然去世的關係。

接力

I的學長是籃球隊員。某天放學後，學長和同班的朋友一起前往社辦。那天只有學長的班級較早下課，其他隊員還要一段時間才會到社辦。學長和朋友想著，第二學期快結束，年底轉眼逼近，乾脆趁等待的空檔打掃社辦，清洗設備。

兩人決定好，朋友打掃社辦，學長負責清洗。於是，學長整理出社辦裡需要洗的設備及用品，拿到社團教室大樓旁的廁所，著手清洗。

正值冬天，周圍逐漸變暗。學長必須邊呵氣溫暖凍僵的雙手，才能繼續工作。倏然間，毫無前兆地，他全身動彈不得。

他蹲在洗手台前，無法動彈。拚命想移動身體，卻感到背後有股人的氣息。後方有人看著學長。學長強烈感受到那道凝視他的視線。

呼，大大吐口氣，同時身體恢復自由。學長不禁跳起，回頭一瞧，三個穿軍服的日本軍人並肩站在身後的樹叢陰暗處。他們站得直挺挺的，動也不動地盯著學長，晒黑的臉孔上只有眼白詭異得清晰可見。

學長驚恐地逃回社辦，但應該亮著的社辦小窗一片漆黑，門還上了鎖。在社辦打掃的朋友跑去哪裡？下課鐘尚未響起，他不可能單獨去體育館。該不會是臨時有事先走了？雖然這麼想，但明知學長去洗東西，朋友不會沒打聲招呼就回家，也不會將門窗都關上。

學長環顧四周，找不到朋友的身影。天色急速變黑，學長不敢一個人待著，決定先去教職員辦公室詢問朋友有沒有歸還鑰匙。學長離開社辦，小跑步前往校舍時，發現學弟站在水泥小徑中央。他打算叫住學弟，便停下腳步。

學弟看起來不太對勁。他踏出一腳，上半身轉過來，卻動也不動，簡直像在走路時被按下停止鍵。他詫異地呼喚學弟，學弟忽然跳起，跑兩三步後，當場蹲下。

學長詢問：發生什麼事情？學弟解釋，他全身突然無法動彈。走向社辦的途中，學弟察覺一道視線，往旁邊一看，三個士兵並肩站在小徑旁的樹叢另一邊，直盯著他。咦？還在驚訝，他已動彈不得。等學長叫住他時，才好不容易解脫。

兩人嚇得抱在一起，觀察著樹叢，但不見任何人影。學長催促學弟一塊去校舍，並告訴學弟，由於剛剛在社辦的遭遇，他打算前往教職員辦公室一趟。學弟睜大雙眼，詫異地說：

「可是，社辦是亮的啊。」

在學弟察覺那道視線前，社辦的小窗亮著。會不會有人先到了？學弟暗暗思索時，感受到一道視線，才不禁回過頭。

雖然覺得不可能，學長仍十分擔心應該在社辦的朋友，於是兩人一起去社辦察看。毛玻璃窗戶的確亮著，轉動把手，門也順利打開。只見朋友一臉快哭出來地蹲在社辦裡。

朋友一直都在社辦裡。打掃時，電燈突然熄滅，他全身無法動彈，拚命掙扎一陣，電燈再次亮起，身體也恢復靈活。然後，他發現小窗外站著三個人影。他驚呼一聲，人影倏地消失，但他怕得不敢走出去，只好等其他人來……

三人面面相覷。學長看到士兵後，返回社辦，電燈熄滅。此時，朋友在社辦裡動彈不得，等身體恢復靈活，電燈再度亮起。而目睹電燈亮起的學弟，稍後看到士兵。

簡直像在接力，學長暗想。

從此學長沒再看過那些士兵，而且本來就沒聽過社辦鬧鬼。之後也沒聽聞有誰遇見士兵，或身體突然不能動彈的事情。至今，還是不曉得那三個士兵究竟是何方神聖，又爲什麼會看到他們。

窺視者

聖誕節前夕，打工結束後，Y匆匆走在歸途上。那天下著冷入骨髓的雨，撐傘的手幾乎要凍僵。又溼又冷，靴子中的腳尖凍到都發痛了。

她下公車穿過大馬路，走進安靜的住宅區時，感覺背後有人。她訝異地轉頭，沒有任何人影。是我多心了吧，她這麼想著，加快腳步。然而，剛邁出腳步，又察覺背後有道視線。回頭一看，還是空無一人。

附近雖然是住宅密集的區域，但幾乎沒有行人。並排的各家窗戶雖然透出溫暖的光亮，卻都緊閉著，Y無法感到安心。不過，至少Y確認沒人躲在建築物的陰暗處，尾隨著她。

——大概是我想太多，趕快回家吧。

Y急急前行，雖然仍感到背後有道視線，但她不斷告訴自己，是自己想太多。

這一帶不停下著冰冷的雨。雨滴敲擊著雨傘，敲擊著雨水流動的路面。Y的靴子踩到水坑，發出濡溼的聲響。

此時，Y忽然發現，除了她濡溼的腳步聲，還有另一道腳步聲。她驚訝地回過頭，依舊沒有任何人影。可是，當她焦急地往前走時，背後也傳來同樣急促的濡溼腳步聲。

不知不覺間，她小跑步起來，拋下後方的腳步聲，加速奔進公寓。她打開自動上鎖的大門，滑進室內。回頭一看，沒人跟著她進入建築物。她邊確認有無可疑人影，邊按下電梯按鈕。接著，她緊盯後方，等待電梯下來。電梯一開門，她便衝進去，按下「關」的按鈕。

電梯上升，Y終於鬆了一口氣。

即使如此，踏出電梯時，她仍謹慎地環顧四周。確定沒其他人，沒其他聲響後，急忙走到住處門口，以凍僵的手抽出冰冷的鑰匙。

剛要將鑰匙插入鎖孔時……

她覺得背後有人。

Y僵在原地。背後有人，儘管沒有任何聲響——連呼吸聲也聽不見，可是背後的確有人。她不經意地低頭一看，從雨傘流下的水滴，在腳邊匯聚成小水窪。而她的背後有一道透明的水流向那個小水窪。

拿著鑰匙的手簌簌顫抖，Y努力地想把鑰匙插進去，卻只發出喀鏘喀鏘聲，無法如願。好不容易就要成功，她的腦中突然掠過一句「糟糕」。

不知爲何會有此預感，可是，她直覺不能當著背後那人的面開門，否則那人會跟進屋。

她猶豫了一會，下定決心抽起鑰匙，順勢靠著門回望。

依舊沒有任何人，然而，就在Y的身後，有一灘小小的水窪。

Y瞄一眼什麼都沒有的空間，拔腿狂奔。她跑過走廊，衝進還停在同樓層的電梯，下到一樓，蹲在公寓玄關的集合信箱下方。

她害怕空蕩蕩的空間，也恐懼得不敢走出公寓，又無法返回住處——絕對不回去。

Y忍耐著寒冷，約一小時過後，別的住戶下來。Y告訴那名年輕男子，她似乎遭可疑的人跟蹤，希望對方能陪她走到附近的便利商店。然後，Y就在店裡熬到天亮。

Y不曉得這樣做到底有沒有用，等隔天日出後，才回到住處。既沒聽見尾隨的腳步聲，門前也沒有水窪，更沒感覺到任何人的氣息。總之，後來Y暫時平安無事。

透籠板（註一）

K的祖父家非常寬敞。據說原本是工廠，如今僅僅是普通的農家。祖父一家不算有錢人，只是這棟父親的曾祖父蓋的房子特別華麗。

逢年過節，K的親戚都會到祖父家聚會。即使聚集六個家庭，也一點都不顯得擁擠。這就不能不提大客廳，從放著壁櫥大小的佛壇的佛堂算起，長約三間（註二），和普通的宴會廳差不多。然而，這棟房子已很老舊，加上實在太寬敞，祖父母根本沒辦法妥善維護。除了祖父母平日使用的部分區域，其他地方都散發著一股寂寥荒涼。

尤其是大客廳，只在逢年過節和做法事時使用，平常連遮雨窗也不開，總是很潮溼，而且有種陰暗的感覺。或許是這樣，K從小就很害怕大客廳。不光是他，每個親戚都不喜歡這裡。

不喜歡的理由恐怕也和佛堂有關。那座黑色佛壇的做工極為精細華麗，不過，約莫是已老舊，有些地方早褪成黑褐色。佛堂周圍的橫梁裝飾著一排褪色的照片，同樣令人不太舒服。紙門上的透籠板雕著精緻的龍，可是也有種被牠圓睜的雙眼盯著的感覺，大夥都有些毛骨悚然。受到這個因素影響，大夥都說在此睡覺，會碰到鬼壓床或做噩夢，所以人人都極力避免。

那是K就職當年的事情。一如既往，K回祖父家過年。因爲他上班到年底，抵達祖父家時，其他親戚皆已齊聚。不論哪個房間都有人，他只能睡在客廳。雖然覺得自己早就不是小孩，沒什麼好怕的，心情仍像是抽到壞籤。不過，他還是不想睡在佛堂，便在隔壁的客廳打地鋪。

深夜，K被風聲吵醒。好大的風啊，他暗暗想著，睜開雙眼。起初，他慶幸不是開車來的路上碰到。這風未免大大，難道有暴風雨要來？

豎耳細聽後，K發現有點不對勁。風聲轟隆大作，外面庭院的樹木卻沒搖動，遮雨窗也沒晃動。更詭異的是，風聲彷彿是從遠處地底吹來，朦朧不清。K聯想到地下鐵——對，就像地下鐵的風聲。他不斷聽到毫無強弱起伏的風聲。

K加倍專注地聽著，風聲中夾雜著微弱的人聲，似乎在喊叫，又像在呻吟。而且不是一、兩人，是一大群人痛苦的呻吟，從轟隆隆的風聲底部響起。

這是怎麼回事？K想起身，卻猶如遭巨石鎮壓，無法動彈。聲源處應該在左邊，他

註一：原文爲「欄間」，指和室紙門與天花板之間的木頭雕刻鑲板，兼具裝飾和採光的功能。
註二：一間約1.8公尺。

往左一看，和佛堂透籠板雕刻的龍對上視線。是佛堂，他暗暗想著。從佛堂一隅或遠處傳來風聲。風聲和呻吟聲。他全身僵硬地豎直耳朵，那些聲音漸漸轉弱，最後消散。不再聽到聲音的瞬間，身上的巨石也消失無蹤。

隔天，堂弟來叫K起床，K提起昨晚的怪事。住在這裡的堂弟靠著客廳入口的柱子，聆聽K的話。

「佛堂裡有不乾淨的東西，對吧？」

K這麼一問，堂弟點點頭。

「或許吧。」堂弟雖然沒有任何感覺，不過上高中後，就一直被叮嚀盡量不要進去客廳，因爲他長得很高。

那是什麼意思？K一臉疑惑，人高馬大的堂弟指著透籠板，告訴他這似乎是從哪裡的豪宅或寺廟運來的，相當有歷史價値。據說，透過它窺望佛堂，會看到地獄。

「我長得很高，稍微挺直身子，便能看見透籠板另一邊。」

傳聞，看到另一邊就會發瘋，所以他盡可能不進客廳。一旦進去，也不會亂瞄透籠板。說完，堂弟偏著頭疑惑道：

「可是，所謂的佛堂，不應該是佛祖會在的地方嗎？」

宏史

這是T在中學三年級時發生的事情。因爲高中入學考迫在眉睫，她經常熬夜。或許是疲倦的關係，她老是碰到鬼壓床。以爲已熟睡，卻突然醒來，接著就全身無法動彈。遇上這種時候，她便會擔心出現靈異現象，得快點在看到什麼前起來，因而焦慮不已。她拚命掙扎，身體卻沒任何反應。快點、快點，T覺得毫無意義地被一種迫切的危機感追趕。T認爲，沒有對身體造成任何不適的鬼壓床的痛苦，或許來自這股「焦慮」。

T並未將鬼壓床和任何怪事連結思考。「我的狀況是，」T說：「鬼壓床解開的瞬間，就像是突然醒來一樣。」

所以，她覺得這宛如一場噩夢。當時她也認爲，等考試結束，就不會再碰到這種痛苦的遭遇。再稍微忍耐一下就好，她這麼說服自己。就在那個冬天的一晚，T從熟睡中醒來。房內空氣不知爲何變得稀薄，才想深呼吸，身體卻動彈不得。她還記得，當時腦袋一隅想著：「啊，又是鬼壓床。」

明知是熟悉的鬼壓床，內心卻非常焦慮。雖然不會將鬼壓床和怪事連結思考，可是被壓住時，她想起各種怪談，也覺得出現什麼都不意外。她打算緊緊閉上雙眼，避免看到隨時會冒出的異物，眼皮竟動都不動。或者她根本是在做夢，才無法閉上眼睛。戰戰兢兢地窺視漆黑的四周，她發現身邊有個特別黑暗的地方。

那是棉被的旁邊，恰恰位在T的胸口一帶，有人坐在那裡。她嚇一跳，移不開視線。過了一會，眼睛逐漸習慣黑暗。T看清那是個和她同世代——中學或是高中左右的男孩，穿黑色學生服，低頭跪坐。

終於看見了，T這麼想。男孩動也不動，自顧自坐著。T拚命想閉眼，腦中盤旋著「救命」、「請消失」，不知爲何還有「對不起」之類的話語。

此時，一道格外清晰的女聲傳來：

「宏史，不要這樣。」

她嚇一跳，鬼壓床同時解除，棉被旁邊的人影也消失無蹤。T一如往常地「醒過來」。

可是，T認爲她的確聽到女人的話聲。那是中年女性的聲音，語氣溫柔，卻非常堅決。不論T怎麼回想，那都不是認識的聲音。同樣的，她也從未聽過「宏史」這個名字。

相反的手

K就讀的高中流行過「一休和尙」。

——其實，就是利用黑板和粉筆進行的「狐狗狸」。在黑板上寫下五十音，然後兩到三個學生一起握住粉筆，以粉筆畫線指向文字。畢竟是利用黑板，必須伸長手臂在講台上移動，算是相當劇烈的全身運動。或許是這樣，沒有「狐狗狸」散發出的不健全氣氛。大夥都抱著玩遊戲的想法，才會如此流行吧。

某天放學後，K和兩個朋友玩起一休和尙。此時，教室還很明亮，除了K等人，尙有其他幾個學生。其他人一邊聊天，有時也會調侃一下K她們的遊戲。

遊戲開始不久，K的朋友提問：「K眞的喜歡N同學嗎？」

K瞪朋友一眼。近來，「K好像喜歡N」成爲朋友之間的話題。若要說眞心話，答案是「YES」，然而，K不打算老實招認。她用力將粉筆拉往「NO」，相反地，另外兩人中則有人想拉向「YES」。

「K，妳動了。」

「沒有，想把粉筆拉到奇怪答案的是妳們吧。」

「我們才沒有呢。」

K三人互相拉扯著粉筆笑了——在K的班上，大夥有一休和尚就是這種遊戲的共識。裝成在玩狐狗狸，其實是自己移動粉筆，湊出有趣的答案。

K使勁將粉筆拉到「NO」，換另一個朋友問：「那麼K的內褲是什麼顏色？」粉筆先畫出「紅」，繼續畫出「色」、「阿婆內褲」。K和玩伴，還有觀眾一起哄堂大笑。

「明天的英語小考，S會拿幾分？」K接著問，邊想應該回答零分吧，所以將粉筆拉向「0」，朋友似乎也打算跟著K這麼做。S看著粉筆的行進方向，發出「拜託妳們，不要這樣——」的慘叫。

粉筆不斷前進，突然有人將粉筆拉往反方向。粉筆以出乎眾人意料的氣勢前進到「4」，最後停在「8」的位置。

英語小考的滿分是五十分，從S的成績來看，四十八分並不是不可能的分數。K覺得有點奇怪，這種理所當然的答案根本不是遊戲。

S開口問道：

「那麼，我考得上第一志願嗎？」

K心想，這題就算服務妳吧。可是，粉筆卻朝「考」（O）（註）移動，停在「考」後，又往「不」（CHI）前進。K暗叫糟糕，不知究竟是誰移動粉筆，但入學考在即，這樣可不行啊。

她用力想將粉筆移往別的方向，卻沒成功。粉筆停在「不」，最後停在「上」（RU）。

「考 不 上」

教室裡安靜下來。S的表情僵住，另一個朋友輕聲說「太過分了」，責備似地看著K。

K反駁「不是我」，但一定是三人中的某人移動的。

「那我再問一個問題。」S語氣生硬，「K會考上嗎？」

粉筆回答：「考上的話 會不幸。」

三人之間飄散著一股討厭的氣氛，圍觀的其他學生也陷入沉默。

K絕對沒動，S看起來也沒動。另一個朋友像是要把粉筆拉往相反的方向——好奇

註：原文爲「落ちる」，意爲考不上、落榜。

怪。

於是，K出聲問：

「除了我們，還有別人在嗎？」

粉筆回答：

「誰 知 道 呢。」

「我們不要再玩了吧。」S提議，一名旁觀的學生唐突地說：「這樣有點危險，之後搞不好會發生什麼事情。」

這應該不是提問。

可是，粉筆卻回答：

「敬 請 期 待。」

通知

這是K的曾祖母去世時的事情。

臥病已久的曾祖母在九十二歲去世。她最後的半年是在病床上度過的，雖然有一半時間都沒有意識，不過並未特別痛苦，而是安詳離開，可說是壽終正寢。幸好K一家也在她臨終前抵達醫院，在包含曾孫在內的子孫環繞下撒手人寰，或許也算幸福吧。

K一家帶著曾祖母回家，接到通知的親戚也陸續抵達。熟悉的親戚、平常鮮少見面的親戚，接二連三地出現。K替他們倒茶時，不由得再次讚歎自己居然有這麼多親戚。

等眾人的閒聊告一段落，曾祖母的兒子——大伯公說他做了一個意味深遠的夢。

「大概是兩、三天前，我在夢裡用車載著老媽一直往前開。我依照她的指示，在沒去過的街道上繞，然後按了某戶人家的門鈴。」

在最後的最後，曾祖母或許想告訴大伯公什麼事情吧。這可能是一種預感，眾人紛紛談論著。幾小時後，曾祖母的一個外甥來到家裡。這個外甥哭著告訴大夥，因爲住得遠，近年罕有往來，但以前曾祖母非常疼愛他。

「其實，今天發生一件怪事。」他壓著眼角，「早上天還暗著的時候，有人按我家門鈴，我慌慌張張起床，外面卻沒半個人影。」

直到開門前，門鈴都還響著，所以按鈴的人應該沒有躲藏的時間。可是，他打開大門一看，竟空無一人，走到外面馬路上，也沒有行人。

「我心想還眞是怪事，接著就收到姑姑去世的通知。而且，她不是在天快亮時去世的嗎？簡直像是她特別來通知我啊。」

空頻道

這是T高中時代的往事。

某天晚上，他的朋友Y想利用收音機聽電視節目，便將頻道調到教育廣播電台。不料，突然有個女人說：「其實，我有件事情想告訴你……」隨即消失，再也沒出現。

「這是怎麼回事？」Y頗爲困惑。安靜一會後，收音機就傳出平常收聽的英語教學節目。

他很在意中斷的話聲，所以試著調整天線。調整到某個位置後，他清楚聽見女人的話聲。

「……所以我很生氣……」

那個位置應該是沒有廣播節目的空頻道，話聲卻很清晰。Y豎耳細聽，發現那是個年輕女人，不停訴說著自己的心情，似乎是遭到高中好友背叛。

「我絕不原諒她……」

女人說完，話聲唐突中斷，之後理所當然傳來雜音。Y又調整一陣子天線，卻聽不到任何聲音。

剛剛到底是怎麼回事？

他不清楚實際的理論，不過應該是混到奇怪的電波吧？而且，那也不像廣播節目，彷彿是有人對著麥克風自言自語。

Y仍有些在意，於是隔天同一時間，他再次嘗試尋找頻道。空頻道中傳出女聲，應該是昨晚的女人。這次，她講了大學男友的事情。

都是我打電話給他……立刻放我鴿子……我特地準備的禮物也不打開，就丟在社辦……

女人的話語偶爾會有些含糊，聽得不甚明瞭，但聲音本身相當清晰。Y好似窺見不認識的女性私生活，不知不覺聽得入神。

「好誇張，連上賓館這樣、那樣的細節都說了。」

Y興奮地與T分享。

「不過，那到底是怎麼回事？」

T側首不解地問，Y也感到很不可思議。

「該不會是竊聽器的電波？不小心聽到這些事，會不會很麻煩？」

偶然聽到竊聽器的電波，算是犯法嗎？T不曉得，但還是勸告對方：「這不是什麼好習慣，不要聽比較保險吧。」

然而，之後Y似乎仍繼續收聽那個來路不明的空頻道。

「你還在聽嗎？」T這麼一問，Y露出「被發現了」的笑容。

經過一個月左右，兩人聊天時，T想起此事，便問Y：「還聽得到那個聲音嗎？」

嗯，Y回答：

「只是……我覺得事情愈來愈誇張了。」

什麼意思？T追問，但Y解釋不清。

「就是……變得很複雜，那個女人搞不好很危險……」

此時，大學入學考已近在眼前。

「別再聽了吧。」T苦口婆心地勸告。Y點點頭，卻喃喃自語：「可是，我還是有點在意……」

其實，T也有點好奇。剛好弟弟的音響是能接收電視節目的機種，所以他跟弟弟借來，在Y說的時段將頻道調到教育電台，電台播出的是報紙節目表上刊登的節目。他接著嘗試調整天線，尋找那個聲音。一點一點地調整後，他找到傳出雜音的位置。然後，一個格外清晰的聲音飛到他耳邊：

「有件事情我一定要告訴你。」

這個聲音太過眞實，彷彿近在身邊，T慌張地關掉音響。他覺得那不是透過電波傳來的，而是有人直接對著連接機器的麥克風說話。他不禁環顧四周，彷彿聲音的主人就在旁邊。

情況實在太詭異，T決定要阻止Y繼續收聽。

那天恰巧是星期五。週末假期結束，他到學校一看，發現Y缺席。當天的最後一堂是班會，老師告訴他們，Y在住處上吊身亡。

T說，Y沒留下遺書，誰也不曉得他自殺的動機。

鏡子

某天，T他們學校的校長加班到深夜。他在結束工作回家前，去廁所一趟。上完廁所洗手時，他無意間看向鏡子，發現背後出現學生制服。

「怎麼還在學校？這種時候，你們在幹麼？」他說著回過頭。

背後空無一人，是錯覺嗎？校長低頭看著自己的手，洗完手抬頭一看，鏡子就在正前方。

鏡子裡映出他的背後有兩個穿制服的學生。他驚訝地回頭，依舊沒瞧見半個人影。

校長半瞇著眼，關上水龍頭，垂著目光急忙走出廁所。正要出去時，廁所大門上半部的玻璃窗，映出一排黑色制服。

據說，大夥都很討厭這所學校的夜間警衛工作。

水滴

G上的高中，傳聞有女孩在一間廁所自殺。

這個自殺的女孩並非G就讀的高中學生，而是來參加高中入學考的中學生。考最後一科時，她突然要求去廁所，然後在其中一間廁所割頸身亡。

監考老師陪她一起去，在外面等很久，都不見她出來。老師擔心她忽然不舒服，敲敲廁所的門，卻看見血從門縫流出。老師慌張地撬開廁所的門，發現到處都是血，女學生的手腕和脖子滿是傷痕，躺在冰冷的地板上。她似乎是割腕沒死，所以也割了脖子。校方雖然立刻叫救護車將她送到醫院，最後仍回天乏術。

沒人知道她自殺的原因，也沒找到遺書。但據說那天的考試，她幾乎每科都交白卷。是生病？還是太過緊張？總之，這樣是不可能考上的——恐怕她本人也這麼想，於是陷入絕望，衝動自殺。

後來學校仔細打掃女學生自殺的廁所，也全部重新改裝。不過，只要踏進那間廁所，就會有水「啪嗒啪嗒」滴在背上或頭頂。

大夥都說，那無色透明的水滴是她的眼淚。

尾隨

這是S高中時的遭遇。

那天S因為社團活動晚歸。經過公園旁的道路時，無意間望向樹叢，發現對面有個人影。正值初春傍晚，雖然天空還算明亮，但路燈已亮起。

忽然，她緊張地停下腳步，總覺得有人在看她。有人躲在樹林中，從陰暗處偷窺。

公園四周沒有圍牆或柵欄，只有及膝灌木叢沿公園建地的界線種植。內側則有座小樹林，長得很高的樹木並排著。由於季節的關係，樹葉掉光，但樹梢已逐漸冒出新芽。S在樹木之間發現人影。兩人的距離不遠不近，S雖能清楚瞧見對方的身形，可是礙於周遭有些陰暗，五官仍是一片模糊。

那個人影看起來是穿作業服的男子，被樹木遮住一半身體。他沒入陰影，看不見表情。S停下腳步的瞬間，男子突然轉過來。對方似乎迅速移開視線，S陷入極度不安。儘管想趕快離開，又害怕對方跟上來。因為經過公園後，是一段罕有行人的道路。

S環顧周圍，後方走近一個五十多歲的大叔。對方穿著輕便，腳上踩著拖鞋，應該是附近的住戶。她衝到對方身旁，告訴對方有可疑人物。「在那裡。」一名男子站在S指示的方向，直盯著她。

大叔望向樹林，朝那男子喊一聲「喂」，可是沒有回應。男子動也不動，低著頭站在樹木後面。

大叔覺得那男子有點可疑，跨過灌木叢走進公園，但男子依舊毫無反應，S這才發現不對勁。大叔往前走幾步，「啊」一聲腳下一頓。他彎下腰，像是觀察著周遭狀況般戰戰兢兢往前走。當大叔再次停步，回過頭時，S已明白發生什麼事情。不是有人躲在樹林裡——而是有人上吊了。

衝回S身邊的大叔說他會報警，要她趕緊回家。S怕得全身發抖，點點頭便急忙踏上歸途。通過公園旁的道路後，就是一條沒有人煙的路，附近只有一道長長的學校圍牆、竹林和農地。周圍很快暗下，S只能依賴路旁並排的電線桿上的路燈，小跑步穿過那條路。

走到自家所在的住宅區，看見各戶人家的燈光，她才終於鬆口氣。只要走進住宅區，馬上就到家了，她放慢腳步。放下心的同時，她也覺得自己碰到大事，很想趕緊告訴誰，所以又加快腳步。

小跑步抵達家門口時，她發現從大門通往玄關的路旁樹叢裡有人。常綠樹的另一邊，有人低著頭躲在陰影裡。藉由玄關的燈光，一個穿作業服的身影隱約浮現。

她沒辦法走進大門，也不想繼續行走在黑暗中。她一心想逃進家裡。S大聲呼喚母親。她半閉雙眼，拚命叫著，母親驚訝地衝出玄關——此時，人影已消失。

至今，S在暗處或陰影裡瞥見穿作業服的人影，還是會嚇一跳。她必須立刻確認穿作業服的人只是經過，或是在工作，才能鬆一口氣。

「可是，有時會看見直挺挺站著的人，一動也不動……那到底是什麼呢？」

滿出來

U居住的地方有流放人偶的習俗。每到三月的祭典時，當地民眾都會收到白紙製成的人偶。用白紙擦拭身體，厄運便會轉移到人偶上，祭典那天再將人偶放到神社旁的河裡。這樣一來，厄運會隨之流走，新的一年便能夠平安度過。

事情發生在某年的祭典當日，那時U還是小學生。

孩童喜歡毫無意義地追逐被河水帶走的人偶。每年雪融之際，雪水便會流入河裡。水量增加後，流速也會變快，所以很快就追不上人偶，但大夥還是會努力追到能夠追得上的地方。雖然山裡和河水中的雪已消失，水溫仍舊很低，不過並未冷到身體無法忍受的地步。因此，對孩童來說，這個祭典等於是能大方在河裡玩水的信號。

白色人偶一下就被河水吞沒，看不見蹤跡。其中也有在途中擱淺的人偶，孩童會衝去撿起，讀出上頭的姓名，嚷嚷著這人今年會很倒楣。如果恰巧是家人的，便偷偷放回河裡。這麼一來，就有種得知祕密的感覺，或許擁有祕密的心情是最令孩童開心的吧。

這年也是如此，孩童追逐著人偶，來到完全看不見人偶的地方。高年級的男孩說：「我們去更前面的地方吧。」再往前去就有許多巨大的石頭，太小的孩童很難行走，所以只有五、六年級的淘氣鬼繼續前進。大部分是男孩，但也有像U這樣的女孩。一行人在巨大的石頭之間爬上爬下，順著河流往下走。

他們走了一陣子，只見河川沿著懸崖拐彎，形成水潭。水面平靜無波，底下水勢洶洶，頗爲危險，大人嚴厲叮囑不能在此處游泳。據說以前曾有孩童不聽話，捲入水面下的漩渦溺死。萬一被捲入河底的漩渦，屍體甚至不會浮起。雖然不知眞假，不過這樣的傳聞讓孩童們有些害怕此處。U和朋友來到水潭時，發現有個山伏（註）站在河灘上。

U住的地方附近有山伏修行的靈場，有時會在村裡遇見山伏。她原本就覺得山伏有點恐怖，但不知爲何，眼前的山伏不只恐怖，還有種奇怪的感覺。他一頭褐中帶白的亂髮，一低頭，髮絲就會撲到臉上。懸崖上長著茂盛的野生茶花，照葉林獨特的濃重陰影落在那一帶的河灘上。總是陰暗混濁的潭水，看起來一片漆黑，而U在漆黑的水面上看見白色的東西。山伏的腳邊有一些白紙，幾個人偶漂過去。山伏拿著手杖攪動人偶聚集的水面。

雖然自己也會這麼做，U和朋友卻認爲山伏的舉動大逆不道。於是，年紀最大的男孩語帶責備地問：「你在做什麼？」

山伏轉向U等人，然後舉起手杖。U不禁畏縮起來，該說是壓迫感嗎？U覺得山伏在生氣。

山伏以手杖指著河流說：

「這條河中斷了。」

他的話聲出乎意料地洪亮，可是U聽不懂他的話。

山伏以手杖指著男孩問：

「你幾歲？」

那個男孩也震懾於山伏的氣勢，每個人都像挨罵似地沉默不語。

「十二，或十三吧。」

語畢，山伏又點點頭。

「你二十歲的時候，會厄運纏身。」

U覺得這句話實在太不吉利，周圍的孩童可能也有同感。有人小聲地說「回去吧」，接著U的背後響起陸續離開的腳步聲。U也迅速轉身，折返河邊。年紀最大的男孩慌慌張張地跟上來。在爬上石頭逃走的U和朋友的身後，傳來低沉的話聲：

註：在山中修行的人。

「要是滿出來，就會回來的。」

U回頭望去，只見山伏佇立在幽暗水邊的重重陰影中。

感覺眞差——每個孩童都這麼想。然而究竟爲何感到不舒服，U也說不上來。只是山伏的話始終縈繞在耳際，無法忘懷。她感覺自己聽到很討厭的事。

將厄運流放到河裡——那麼，被流放的厄運會變成怎樣？萬一河流在某處中斷，就這麼堆積在某處……

這麼一提，U想起她出生的那一年，河流下游興建水庫。那條河的確在那裡中斷。

從發生此事的那天起，差不多已過六年。

花簾

S大學時代租的房子附近有一間神社。外出時，他經常抄神社境內的捷徑。神社境內很寬敞，修葺得十分整潔。石板地的參拜道路上，隔著固定間隔設置有路燈，即使晚上也能安心通行。雖然沒其他行人，多少有些寂寥，但對以自行車代步的S而言，反倒是求之不得。

這天，S結束打工，騎著自行車爬上參拜道。低頭穿過鳥居後，接下來的路都是筆直往前延伸。參拜道兩側並排著巨大的櫻樹，盛開的櫻花樹枝從兩旁逼近，猶如櫻花隧道。大學生活將滿一年，這是他初次在大學迎接屬於櫻花的季節。

原來神社這麼漂亮啊，S不禁感動起來。由於時間已晚，沒有粗魯的賞花客。白色花朵沐浴在路燈的光暈下，靜靜覆蓋在他的頭頂。

他放慢自行車的速度，悠閒地欣賞夜櫻。騎了一陣子，參拜道碰到石牆。石牆上方是社殿，參拜道的正面則是前往社殿的石階。參拜道在石階前方分成兩路，通向神社外頭。

S在參拜道上右轉，沿石牆騎了一會。石牆拐了個彎，參拜道也沿著石牆拐了個彎。剛好就在那個角落，白色的細長瀑布無聲流瀉。

枝垂櫻看起來恍若瀑布。石牆的一角，一處比普通地面高一段的地方有道不小的斜坡，聳立著差不多三層樓高的大櫻樹。那棵櫻樹的樹幹上，如楊柳般纖細筆直的枝條幾乎垂落至石牆下方。

S不曉得那棵櫻樹的種類，雖然庭院或公園裡常見枝垂櫻，可是他從未見過這樣的櫻花。長得驚人的纖細樹枝上，緊緊附著許多小巧的白花，層層堆疊，形同細長的瀑布。白天看也很驚豔，不過沐浴在夜晚路燈的光線下，櫻樹佇立的姿態更加優雅動人。

——好漂亮啊。

S停下自行車，抬頭望著從頭頂的黑暗中落下的白花瀑布。他凝望水流一般往下綿延不絕的樹枝。那些樹枝覆蓋樹幹，甚至越過樹根垂到石牆上，彷彿要洗淨古老石牆似地流淌著。

然後，S發現樹枝下有人。

櫻樹枝形成的簾幕對面，與石牆之間有道人影，人影穿著振袖和服（註）。淡紅振袖上綴有許多花朵的圖案，和花簾混在一起。

S看不出對方的模樣，花簾遮住了人影面容至胸口一帶。他只瞧見綁在胸前的腰帶、腰帶扣和長長的振袖。

他愣愣盯著，女孩動也不動，兩手無力地垂在身側，茫然站在櫻花樹下。

S環顧四周，沒看見可能是女孩同伴的人影。他瞄一眼手表，快要十一點。確認時間後，他用力踩下腳踏板。那女孩大概不屬於人世。

他盡量和石牆拉開距離，冒著冷汗經過石牆。佇立在樹下的女孩仍然動也不動。他轉個彎往前騎一段，回頭望去，依舊在石牆一角看見長長的振袖。

隔晚，相同地點又出現振袖和服。那天下了雨，雨水和花朵一起打在那道身影上。又過一天，身影還是動也不動，站在散落一地的櫻瓣中。

然而，隨著櫻花凋謝，鮮豔的振袖和服逐漸變得骯髒老舊。當殘留在樹枝的花朵幾乎凋零，長出新芽時，破破爛爛的振袖和服彷彿將要融入樹下的陰影。

最後，那道身影和花朵同時消失了。

註：未婚女性在重要日子穿的正式和服。

譯者後記

觀看世界的方式

文／張筱森

我是個從小就熱愛各種恐怖作品的人，不過和很多人相比，我比較遜的是，我不太敢看恐怖電影。恐怖電影最常拿來大作文章的畫面、音效，都很容易嚇到我，簡而言之，我是個驚嚇點非常低，非常能讓恐怖電影導演擁有成就感的觀眾。不過，另一方面，絕大部分的恐怖小說、漫畫，對我來說幾乎不構成任何威脅，到目前為止，能夠讓我覺得：「唉唷～這樣晚上怎麼睡覺啊？」的作品，大概五隻手指就數完了。

然而，《殘穢》和《鬼談百景》恰好落在這個範圍。

因為白天工作的關係，我大多只能在晚上家中一片寂靜時翻譯這兩部作品。於是這段時間就常在專心工作到忘我之際，突然體驗到故事中人物的驚慄之感，並不是說真的發生了什麼怪事，而是赫然發現此時房間門外，可是一片漆黑、靜悄悄的……接著腦袋裡就開始出現書中的、網路上的各類靈異經驗文內容，接著彷彿是自找麻煩地問自己，你怎麼知道家裡的一切沒有任何問題？然後，我就會趕緊關掉檔案，做些轉移注意力的事情，然後隔天、還是某一天又在翻譯過程中產生同樣的恐懼和懷疑，這番心境變化在翻譯過程中出現不少次。後來有機會將我的感想傳達給小野不由美本人時，聽說她對我的感想露出了苦笑。她想必在成書之後，接到很多類似的反應了。

《殘穢》是小野不由美在二〇一二年發表的長篇怪談，距離她在二〇〇三年發表的非系列作品《古屋的祕密》（麥田，二〇〇五）已有九年。除了在當年度的推理小說排行榜獲得很好的成績，也在隔年獲頒同樣是日本大眾文學重要獎項的山本周五郎獎。她曾在訪問中自述，這是她醞釀很久的題材，一直擔心其他作家搶在前頭寫成，所以真的寫出來後，讓她鬆一口氣。

《殘穢》以一名小說家的第一人稱寫成，故事開端是這名小說家收到讀者來信，提及自己居住的公寓出現找不到來源的怪聲。原本這封信只是單純用來採集怪談題材，卻讓小說家想起另一封內容似曾相識的讀者來信。結果，意外發現這名讀者居住的土地上有著一連串綿延不絕的怪談連鎖，同時開啓了一場長達九年的調查行動。從東京一路到北九州，怪談的發生時間也從現代一路追溯回上個世紀，甚至還在主角們的生活中留下深刻的印記。

這場追查也令《殘穢》有著兩種性格，一種是始終訴諸感性的長篇怪談，另一種則是透過主角群的追查和推敲怪談起源的行動所表現出來的，帶有強烈理性的推理小說風格。後者自然也是本作雖然身為純正的恐怖小說，但也同時獲得推理小說讀者支持的原因。

《鬼談百景》則如同作者在《殘穢》開頭所提到的，是她以長久以來收集的讀者怪異體驗來信為底改寫，從二〇〇四年起在日本唯一的怪談專門雜誌《幽》上連載的內容，再加上為了單行本加寫的新作，總共九十九篇的怪談實錄。

怪談實錄，以台灣讀者熟悉的說法就是靈異經驗文，是日本恐怖小說中廣受歡迎的子類型，歷史可以追溯到江戶時代中、後期的《耳囊》系列。內容多是作家四處收集靈異體驗，隱去當事者和發生地點後，以小說手法寫下的短篇故事。《殘穢》中登場的平山夢明和福澤徹三便是以怪談實錄成名。而這類作品既然是一般人的日常生活片段，也是不容易找到合理解釋的怪異體驗，那麼就必須寫得不令讀者生厭，又能夠召喚出讀者的恐懼心理，是一種相當考驗作家功力的創作形式。

《鬼談百景》和《殘穢》同樣都在二〇一二年七月，分別由新潮社和MEDIA FACTORY出版。兩部作品有著非常密切、難以切割的關係。

《殘穢》開頭主角提到的收集讀者靈異體驗一事，顯然就是小野本人創作出道作《GHOST HUNT》系列時的習慣；而《鬼談百景》中的數篇怪談更是在《殘穢》中扮演吃重的角色，發展成小野本人醞釀多年，終於寫成的長篇怪談。

前面提到《殘穢》是以小說家爲首的主角群追查怪談來源，書中的角色試著證明這些乍看極爲不可思議的事情都有著合理解釋；另一方面，《鬼談百景》中的所有故事都沒有合理解釋，一切都是突然發生、突然結束，毫無脈絡可言；和《殘穢》有著明顯的對比。

這樣的作法讓兩部作品發展出可謂互爲表裡的關係，更彼此映照出兩種觀看世界的方法。是要像《殘穢》的主角群，碰到怪事就想盡各種方法找出原因？或者是像《鬼談百景》的當事人，當下雖然害怕，但也就接受了這世上就是有難以解釋的怪事？

不過若問我，讀完這兩本作品後，選擇了哪一種觀看世界的方式？我想京極堂那句名言「這世上沒有什麼不可思議的事情」，或許還是有不適用的時候呢。

恠10／鬼談百景

原著書名／鬼談百景
原出版者／Media Factory
作　者／小野不由美
翻　譯／張筱森
特約編輯／陳亭妤
責任編輯／張麗嫺
編輯總監／劉麗真
國際版權／吳玲緯、楊靜
行　銷／徐慧芬
業　務／李再星、李振東、林佩瑜
事業群總經理／謝至平
發行人／何飛鵬
出　版／獨步文化
台北市南港區昆陽街16號4樓
電話：(02) 2500-7696　傳真：(02) 2500-1951
發　行／英屬蓋曼群島商家庭傳媒股份有限公司城邦分公司
台北市南港區昆陽街16號8樓
客服專線：(02) 25007718；25007719
24小時傳真專線：(02) 25001990；25001991
服務時間：週一至週五上午09:30-12:00；下午13:30-17:00
劃撥帳號：19863813　戶名：書虫股份有限公司
讀者服務信箱：service@readingclub.com.tw
城邦網址：http://www.cite.com.tw
香港發行所／城邦（香港）出版集團有限公司
香港九龍土瓜灣土瓜灣道86號順聯工業大廈6樓A室
電話：(852)25086231　傳真：(852)25789337
E-MAIL: hkcite@biznetvigator.com

馬新發行所／城邦（馬新）出版集團
Cite（M）Sdn. Bhd.（458372U）
41, Jalan Radin Anum, Bandar Baru Seri Petaling,
57000 Kuala Lumpur, Malaysia.
電話：+6(03)-90563833
傳真：+6(03)-90576622
E-MAIL: services@cite.my

封面設計／倪旻鋒
印　刷／中原造像股份有限公司
排　版／陳瑜安
●2014年4月初版
●2024年5月二版
售價370元

ISBN 978-626-7415-29-0

國家圖書館出版品預行編目資料

鬼談百景／小野不由美著；張筱森譯．–二版．– 臺北市：獨步文化, 城邦文化事業股份有限公司出版：英屬蓋曼群島商家庭傳媒股份有限公司城邦分公司發行, 2024.05
面；公分. --（恠；10）
譯自：鬼談百景
ISBN 978-626-7415-29-0（平裝）
861.57　　113003575